DREAMBOOKS★

신화의 전장

dream
books
드림북스

신화의 전장 1

초판 1쇄 인쇄 2018년 5월 24일
초판 1쇄 발행 2018년 6월 4일

지은이 박정수
발행인 오영배
기획 박성인
책임편집 이신옥
일러스트 엑저
디자인 권지연
제작 조하늬

펴낸곳 (주)삼양출판사 · 드림북스
주소 서울시 강북구 도봉로 173
대표 전화 02-980-2112 팩스 02-983-0660
편집부 전화 02-980-2116 팩스 02-983-8201
블로그 blog.naver.com/dreambookss
출판등록 1999년 3월 11일 제9-00046호

ⓒ 박정수, 2018

ISBN 979-11-283-9404-1 (04810) / 979-11-283-9403-4 (세트)

드림북스는 (주)삼양출판사의 판타지 · 무협 문학 브랜드입니다.

신화의 전장

1

박정수 현대판타지 장편소설

MODERN FANTASY STORY & ADVENTURE

dream
books
드림북스

목 차

서장

　서울 어느 판자촌.

　여느 판자촌 집들이 그렇지만 그중에서도 유난히 낡고 허름한 한 쪽방에 한 중장년 사내, 박일태가 멍하니 천장을 올려다보고 있었다.

　"아이구, 내가 못 살어, 내가 못 살어!"

　고단한 삶에 주름이 자글자글한 부인 안순자가 일 년 만에 보는 무남독녀 박미희의 등을 주먹으로 내려치며 울부짖었다.

　박일태는 손을 뻗어 재떨이에서 피다 만 담배꽁초 하나를 집어 들었다. 눅눅한 꽁초를 익숙한 손으로 곧게 펴 입으로 가져가다 말고 다시 재떨이에 고이 내려놓으며 침통한 목소리로 말했다.

"임자, 그만하게."

"흑흑흑!"

묵묵히 참아내던 박미희는 결국 울음을 터트렸다.

"내가 죽어야지! 내가 죽어야 혀!"

박일태는 가슴을 내려치며 오열하는 안순자를 잠시 바라보다 딸 박미희를 쳐다보았다.

꽃다운 나이 스무 살.

어디서 저런 애가 나왔을까 싶을 정도로 딸 박미희는 예쁘기 그지없었다. 티비에 나오는 분칠한 탤런트보다도 더 예뻤다. 그리고 궁핍한 삶에도 항상 밝게 웃는, 요즘 애들과 달리 착하고 순하던 아이였다.

그런 딸이 일 년 전 쪽지 하나 달랑 남겨놓고 집을 나갔다.

그리고 오늘 돌아왔다.

박일태는 남산만큼 부푼 딸의 배를 잠시 바라보다 시름찬 한숨을 푹 내쉬었다.

*　　　*　　　*

"으아아악!"

쪽방 문 너머로 박미희의 지독한 산고에 찬 비명이 흘러
나왔다.

"아이고, 이것아. 힘내, 힘! 애새끼랑 같이 죽을 참이여?
힘을 내, 이것아!"

악을 쓰듯 힘을 실어주는 안순자의 목소리가 이어졌다.

마당이라고 할 수도 없을 만큼 좁은 마당을 박일태는 초
조하게 서성거렸다.

진통만 벌써 세 시간이 넘어갔다.

요즘 세상에 산부인과도 아닌 집에서 출산이 웬 말인가
싶지만 궁핍함이 그리 만든 것이었다. 박일태는 습관처럼
웃옷 주머니로 손을 가져갔다. 그리고 담뱃갑을 꺼내 들었
다.

'젠장.'

담뱃갑은 비어 있었다.

박일태는 담뱃갑을 구겨 마당 한구석으로 던져버린 후
손으로 머리를 박박 긁었다.

"아아아악!"

더욱 커진 박미희의 비명.

"조금만 더 힘내. 나온다! 나와……."

안순자의 말에 박일태는 초조함을 이기지 못하고 땀으로

축축해진 손을 바지에 훔치며 방문을 쳐다보았다.

"아아아아아악!"

박미희의 격렬한 비명이 짧고 굵게 터져 나왔다.

박일태는 저 비명이 어떤 비명인지 알았기에 방문으로 크게 한 걸음 내디뎠다.

"……."

방 안에서 무슨 말이라도 흘러나와야 하건만 시간이 흘러도 아무런 소리가 없었다.

"이, 임자."

아이의 울음마저 들리지 않자 박일태는 불안한 듯 떨리는 목소리로 조심스럽게 안순자를 불렀다.

"임자! 무, 무슨 일 있는 게요?"

"……."

여전히 돌아오지 않는 목소리.

'서, 설마…….'

끔찍한 상상에 얼굴이 하얗게 굳은 박일태가 방문을 열어젖혔다.

"……아, 아빠."

땀으로 범벅인 박미희가 힘겨운 목소리로 박일태를 불렀다.

"그, 그래."

딸이 살아 있는 모습에 박일태는 그나마 안도의 한숨을 내쉬고는 방문을 닫으며 안으로 들어왔다.

"괜찮다. 괜찮아……."

박일태는 박미희 곁으로 다가와 그녀의 손을 따뜻하게 잡아주며 토닥였다.

"임자. 아이는 죽은 게요?"

박일태의 물음에도 안순자는 혼이 나간 사람처럼 멍하니 앉아 있었다. 박일태는 박미희의 손을 몇 번 토닥인 후 안순자가 품에 안고 있는 포대기로 바투 다가가 앉았다.

"어미젖이라도 한 번 물고 갔으면 좋으련만……, 불쌍한……."

안순자의 포대기를 받아든 박일태의 눈이 화등잔처럼 크게 떠졌다.

새하얀 무명천으로 만든 포대기 안에는 갓난아이가 아닌 수박만 한 새하얀 알이 놓여 있었다.

*　　　*　　　*

쪽방촌 가장 꼭대기, 야산 정상이라고 부르기에는 민망한 공터에 박일태가 상복을 입고 멍하니 서울 야경을 내려다보고 있었다.

알록달록한 야경이 유달리 눈이 시릴 정도로 아름답게
보였다.

스르르르—

박일태는 품에 안은 단자에서 회색빛이 감도는 하얀 가
루를 꺼내 바람에 실어 흩뿌렸다.

"하다못해 납골당에도 안치하지 못한 못난 이 애비를 용
서해다오."

박일태의 눈시울이 벌겋게 변했다.

'후세에는 이 못난 부모 말고 잘난 부모의 자식으로 태
어나거라.'

박일태는 유골을 마저 비운 후 몸을 돌렸다.

"후우—."

딸 박미희가 알을 낳고 며칠 기운을 차리는가 싶더니 손
을 쓸 사이도 없이 어제 명을 달리하고 말았다.

박일태는 별이 몇 개 보이지도 않는 밤하늘을 올려다보
았다.

담배 한 개비로 깊은 시름을 흘려보낸 박일태는 옷에 묻
은 흙을 털며 터벅터벅 자신의 집으로 내려갔다.

끼익—

녹슨 철문을 열고 집으로 들어갔지만, 불빛 하나 없이 어
둡기 그지없었다.

딸 박미희가 갑작스럽게 죽자 혼이 나간 이처럼 정신을 차리지 못하더니 여전히 넋을 잃고 있는 모양이었다.

아니나 다를까 안순자는 아침에 나갈 때와 똑같이 실성한 사람처럼 앉아 있었다. 그나마 전등 불빛에 반응을 하는 것을 보면 완전히 정신을 놓은 것은 아닌 듯싶어 박일태는 가슴을 쓸어내리며 그녀의 옆에 앉았다.

"……임자."

"잘 보내고 왔는교?"

그제야 안순자는 박일태를 바라보았다. 박일태는 묵묵히 고개를 끄덕였다. 멍하기만 하던 안순자의 눈이 조금 붉어졌다. 그리고 금세 눈물이 주르르 흘러내렸다. 그러더니 그녀는 두툼한 담요에 쌓인 채 아랫목에 놓여 있는 알을 끌어안으며 소리죽여 흐느꼈다.

"임자, 내 이래 살아도 박 씨인기라. 시조 박혁거세도 알에서 태어났다고 하지 않았나? 거—, 뭐냐? 그래 주몽, 그리고 김수로도 알에서 태어나지 않았나? 모두 일국을 세운 임금님들이라. 그분들처럼 우리 애는 귀하게 태어나는 기라. 그리고 훌륭하게 커서 나라를 세울 만큼 큰 인물이 될 기라."

말도 안 되는 이야기다.

신화는 그저 신화일 뿐이다.

초등학교밖에 나오지 못한 박일태도 안다. 그리고 사람은 아기로 태어나지 알에서 태어나지 않는다는 것쯤은 안다. 그런데 딸 박미희가 눈앞에서 알을 낳고 죽었다.

"그렇겠지예?"

"암! 그렇고말고."

박일태는 확고한 목소리로 가슴을 탕탕 치며 호언장담했다. 그 모습에 안순자가 희미하지만 웃음을 보였다. 학교 문턱도 못 밟아본 안순자도 그 말이 얼마나 허망한지 안다.

"씩씩한 사내아이가 태어날 기다."

그래도 믿었다.

믿을 수밖에 없으니.

말하는 박일태도, 듣는 안순자도…… 믿었다. 아니 믿어야 했다. 믿지 않고서는 살아갈 수 없다.

"아이고, 내 정신이야."

안순자는 소매로 눈물을 훔치며 자리에서 일어났다.

"배 고프지예? 내 퍼뜩 밥 차려오꼬마요."

"그래. 배고프다. 밥 묵자."

박일태는 애써 밝은 목소리를 냈다.

잠시 후 초라하기 짝이 없는 밥상이 차려졌다.

박일태는 크게 한 술 떠서 입으로 가져갔다.

"아따, 맛있다! 참으로 맛있어."

　　　　　*　　　　*　　　　*

　자작— 자자작—

　세상 모든 만물이 잠든 새벽.

　무언가 갈라지는 소리에 안순자는 잠에서 깨어났다.

　"이, 이게 무슨……."

　이어지는 소리에 안순자는 찬물을 뒤집어쓴 것처럼 화들
짝 정신을 차리며 자리에서 일어났다.

　"보소, 보소."

　안순자는 코를 골며 자는 박일태를 흔들어 깨웠다.

　"으, 응?"

　"퍼뜩 일어나 보소. 어여."

　"와 그러는데?"

　"이 소리 안 들기는교? 퍼뜩 일어나서 불 좀 켜보소."

　쩌적 갈라지는 소리에 박일태도 정신을 차리며 자리에서
일어나 불을 켰다.

　자그만 백열구에 방이 밝아지자 안순자는 재빨리 아랫목
으로 다가가 따뜻하게 알을 덮어놓은 담요를 제쳤다. 담요
안에 놓인 새하얀 알 표면에 굵은 금이 만들어져 있었다.
그리고 그 금은 서서히 커지고 있었다.

쩌적! 쩌저적!

알의 표면은 금세 균열로 뒤덮였다.

툭!

갈라지고 깨진 알껍데기 안에서 자그맣고 앙증맞은 손이 모습을 드러냈다.

"여, 여보."

안순자는 박일태를 불렀다.

"가, 가만 있어."

박일태는 어미 새가 새끼가 알을 까는 것을 도와주지 않는다는 사실을 어디에선가 얼핏 들은 기억이 났다. 새끼 새가 스스로 알껍데기를 깨고 나와야지 도와주면 얼마 가지 못하고 죽는다고 들었기 때문이었다.

맞는 말인지 아닌지 모르겠지만 그 말이 일리가 있다고 여겼다.

앙증맞은 아기의 손은 힘겹게 껍데기를 밀치고 떼기 시작했다.

박일태는 마치 자신이 껍데기를 깨는 것처럼 손을 옴켜쥐고 힘겨운 아기의 사투(?)를 바라보며 눈으로 응원하고 또 응원했다. 안순자는 하느님에게 양손을 비비며 아기가 무사하기를 빌었다.

어둑하던 밤 새벽이 가고 창문 너머로 희미한 아침 햇살이 넘어왔다.

마침내 사내아이는 자신을 둘러싼 껍데기를 모두 깨고 초롱초롱한 눈으로 박일태와 안순자를 올려다보았다. 그리고 방긋 웃음을 보였다.

"허허, 으허허허허!"

박일태는 세상 모든 것을 다 가진 것처럼 사내아이를 번쩍 들어 올리며 웃음을 터트렸다.

"아빠, 아이가 태어나면 현이라고 지어 주세요.
검을 현(玄), 하늘을 뜻하는 말이래요."

"네 이름은 박현이다! 으허허허허!"

꺄르르 웃음을 터트린 아이를 올려다보는 박일태의 눈은 촉촉하게 젖어 있었다.

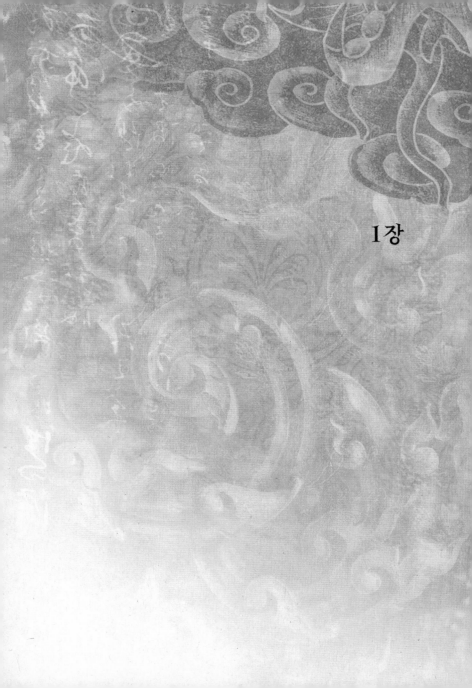

1장

형사과 강력팀 사무실.

책상에 발을 올려 의자에 등을 한껏 기대고, 신문으로 얼굴을 가린 채 한 사내가 가볍게 코를 골며 자고 있었다.

"이봐, 현이."

그런 사내 곁으로 중년 사내, 형사과장 유호동이 다가와 그의 이름을 불렀다. 현장을 떠났음을 광고라도 하려는 듯 말끔한 모습이었다.

유호동 형사과장의 목소리에 사내, 박현은 신문을 내리며 눈을 떴다.

"과장님."

사내는 가벼운 하품과 함께 자세를 바로 잡으며 형사과장 뒤에 서 있는 여인을 일견했다.

여인은 뭔가에 눌린 듯 잔뜩 긴장한 모습이었다.

또한, 연예인이라고 소개를 받아도 고개가 끄덕여질 정도로 상당한 미모를 자랑하는 여인이었다. 뭇 사내들의 시선을 잡아끄는 아름다운 여인, 그리고 불안하게 떠는 모습이라면……

스토킹이나 성추행, 아니면 그와 유사한 사건.

"흠."

사내, 박현은 자세를 바로잡으며 근처 의자를 발로 끌어당겼다.

"앉으세요."

묵직한 목소리와 함께 박현은 책상 위의 누렇게 변한 마우스를 건드려 잠들어 있던 모니터 화면을 깨웠다. 그리고 능숙하게 조서 파일을 열었다.

"제가 잘 처리하겠습니다. 이름이 어떻게 되시죠?"

박현은 유호동 형사과장에게 말을 한 후 시선을 여인에게로 돌렸다.

"큼."

유호동 형사과장은 고개를 절레절레 저으며 헛기침을 삼켰고, 여인은 당황한 듯 얼굴이 붉어졌다. 둘의 확연한 표정에 박현은 자신의 짐작이 틀렸음을 단번에 파악했다.

"인사하지. 여기는 박 경위. 그리고 여기는 이번에 새로 임관한 한 경위."

"반갑습니다. 한설린이라 합니다."

170은 넘어 보이는 늘씬한 키에 이목구비가 뚜렷한 앳된 여인이 한 걸음 앞으로 나오며 경례를 올렸다.

"아, 네."

박현은 대충 경례를 받아주며 유호동 형사과장을 쳐다보았다. 무슨 상황인지 설명하라는 무언의 압박이었다.

그 시선에 유호동 형사과장은 슬그머니 시선을 피했다.

그런 행동은 한 가지 가정을 떠올렸다.

생각하기도 싫은…….

"그 나이에 경위면 경찰대?"

인사도 건성으로 받은 것도 모자라 뒷말은 어디 엿장수에게 팔아먹었는지 싹뚝 반 토막 낸 말로 물어보는 박현의 질문에 한설린의 눈썹이 꿈틀거렸다.

"그렇습니다."

"하아—."

사내, 박현은 악수를 청하는 한설린의 손을 잠시 바라보다가 한숨을 푹 내쉬었다.

"과장님."

"응?"

"너무하신 거 아닙니까?"

박현이 미간을 찌푸리자 유호동 형사과장은 슬그머니 눈을 돌렸다.

"팀장님! 팀장님도 알고 계셨습니까?"

박현이 직속상관인 강력1팀장 강철민을 바라보며 눈을 부라리자 강철민도 슬그머니 시선을 피했다.

쾅!

박현은 책상을 내려치며 자리에서 벌떡 일어났다.

"진짜 너무하신 거 아닙니까?"

퍽!

유호동 과장이 그런 박현의 머리를 신문지로 가볍게 툭 쳤다.

"이 새끼, 오냐오냐하니까."

유호동도 우악스럽게 눈을 치켜떴다.

"뭐요? 뭐? 좋은 게 좋다 해도 이거는 아니죠. 이제 하다 하다 갓 임관한……, 순환근무 중?"

박현은 속사포처럼 말을 쏟아내다가 인상을 와그작 찌푸리며 한설린에게 말을 툭 던졌다.

"그렇습……."

한설린의 말이 끝나기도 전에.

"내가 보모입니까? 하다하다 애새끼 기저귀까지 갈라는 거예요, 뭐예요? 예?"

박현은 자리에서 벌떡 일어나 땅딸막한 과장을 내려다보 며 가슴을 내밀었다.

"진짜, 저 빡 도는 모습 다시 보여드려요?"

"야! 박 경위."

형사과장의 목소리도 박현의 격한 목소리에 반응해 높아 졌다.

"박 경위는 개뿔."

"현아."

그러나 유호동 과장은 금세 서글서글한 눈웃음을 지으 며,

"이리 와봐. 어허—, 어서."

박현을 슬쩍 끌어당겼다.

"일단 한 대 빨면서 이야기하자. 자—, 어서."

유호동 과장은 박현을 바싹 당기며 자존심이 상한 듯 딱 딱한 얼굴로 한설린에게 말을 덧붙였다.

"한 경위. 잠시 쉬면서 구경 좀 하고 있으라고."

"예⋯⋯, 옙."

한설린은 대답을 한 후 박현을 노려보며 지그시 입술을 깨물었다.

"쯧."

박현은 그런 한설린을 보며 마음에 안 든다는 듯 혀를 차며 유호동 형사과장과 함께 강력계를 나섰다.

본관을 나선 박현과 형사과장은 후문에 자리한 흡연구역 재떨이 앞에 마주 섰다.

"자."

유호동 형사과장은 담배 한 개비를 꺼내 내밀었다.

"일없습니다."

박현은 코웃음을 치며 주머니에서 자기 담배를 꺼내 들었다.

"일없기는, 새끼."

유호동 형사과장은 꺼낸 담배를 냅다 박현의 입에 넣어버렸다.

"너, 이 인마. 나도 더 이상은 못 참는다."

"참지 말라고 그러는 겁니다. 이참에 한번 빡 돌아버리게요."

"뭘 그리 또 격하게 반응을 하고 그래. 우리끼리."

유호동 형사과장은 박현의 옆구리를 가볍게 툭 치며 얼른 담배에 불을 붙여주었다.

"현아."

"아— 녜에—."

유호동 형사과장의 말에 박현은 삐딱하게 대답했다.

"한 번만 어찌 안 되겠냐?"

"안 됩니다."

"진짜 한 번만 부탁하자. 어?"

"과장님. 아니 형님. 제가 저번에 핏덩이 데리고 고생한 거 기억 안 나십니까? 저는 그 새끼 뒤처리한다고 고생한 그때만 생각하면……. 아오! 피가 거꾸로 솟습니다. 솟아요."

"알지. 내가 그걸 모를까."

"아는 사람이 그럽니까?"

"그래도 아주 나쁜 건 아니잖아. 덕분에 계급 높은 영원한 부사수 생겼잖아. 안 그래?"

박현은 유호동 형사과장의 말에 담배 필터를 잘근잘근 씹었다.

"현아."

유호동 형사과장은 묵직한 목소리로 그를 불렀다.

"너 내 소원 알지."

형사과장의 거듭 이어진 말에 담배 연기를 들이마시던 박현의 눈매가 가늘어졌다.

"길어야 육 개월이다. 그 사이에 한 건만 잡자. 그 애 승진하면 나도 퇴직하기 전에 서장 할 수 있다."

"누굽니까?"

박현은 담배를 바닥에 던지며 발로 비벼 껐다.

"응?"

"저 애 누구냐구요? 아니 누구 집 딸내미입니까?"

"그건 나도 몰라."

"잉? 그건 또 뭔 개소리요? 누군지도 모르는데 승진을 한답니까?"

박현이 눈가를 찌푸렸다.

"며칠 전에 나랑 철민이하고 청에 갔다 온 사실 알지?"

"……."

"청장님과 서장님이 확답 주셨다. 저 애 승진이나 그에 준하는 큰 건 하나 물어주면 나 부서장 자리로 올라가고, 철민이 내 자리에 앉는다."

"지랄 맞네."

박현이 쓰게 입맛을 다시며 담배를 꺼내자 기다렸다는 듯이 유호동 형사과장이 다시 담배를 입에 물려주고 불까지 붙여 주었다.

"형님."

"말해."

"약속하십시오."

"……."

차갑던 박현의 목소리가 투덜거림으로 바뀌자, 유호동 형사과장은 눈을 동그랗게 떴다.

"마지막입니다."

"그럼, 내 약속할게. 진짜 마지막! 다음에는 실력 좋은 베테랑으로 붙여줄게. 아~ 물론 너보다 짬밥 낮은 놈으로."

박현의 말에 유호동 형사과장의 입가에 환한 웃음이 번졌다.

"진짜! 마지막입니다!"

박현이 눈을 부라리며 말했다.

"암! 암!"

그제야 유호동 형사과장도 느긋하게 담배 한 개비를 입에 물었다.

*　　*　　*

따르르르릉―

업무를 보던 일산경찰서 김한수 서장은 내선 전화벨 소리에 전화기 수화기를 들었다.

"전화 받았습니다."

《나, 한 회장이요.》

묵직한 목소리에 김한수 서장의 눈이 부릅떠졌다.

"처, 처음 뵙겠습니다. 김한수입니다."

김한수 서장은 흡사 상대방을 마주한 것처럼 자리에서 일어나 허리를 숙이며 응답했다.

《바쁜 사람 괜히 방해한 것이 아닌가 싶소.》

"마침 쉬고 있었던 참입니다, 회장님."

김한수 서장은 자신의 책상 위에 가득 쌓인 서류철을 흘 깃 쳐다보았다.

《그렇다면 다행이구려.》

"……."

《내 노파심에 결례를 무릅쓰고 이리 전화를 하였소.》

"결례라니요. 당치도 않습니다."

《그래…….》

"영애에 대한 걱정이시라면 한시름 놓으셔도 좋으실 겁 니다, 회장님."

김한수 서장은 회장이 듣고 싶어 하는 말을 얼른 내뱉었 다.

《흠…….》

묵직한 신음.

《무슨 생각으로 형사가 되겠다고 하는지……. 휴우!》

이내 근심 어린 한숨이 흘러나왔다.

"든든한 녀석으로 붙여놓았으니 큰 염려를 내려놓으셔도 좋습니다."

《그 말 책임질 수 있소?》

묵직한 물음에 김한수 서장의 눈빛이 잠시 흔들렸다.

"……책임지겠습니다."

김한수 서장은 잠시 눈을 감았다가 뜨며 다부진 목소리로 대답했다.

《그리만 해 준다면 내 약조를 지키지요.》

"감사합니다, 회장님."

《그럼 잘 부탁드리오.》

"들어가십시오."

달깍!

그 말을 끝으로 수화기를 내려놓은 김한수 서장은 의자에 털썩 앉으며 흐트러진 머리를 쓰다듬었다. 머릿결 사이로 축축한 땀이 느껴졌다.

*　　　　*　　　　*

한설린은 앞에 삐딱하게 서 있는 사내를 올려다보았다.

자신의 키도 작은 키가 아닌데 고개를 들어야 할 만큼 앞에 서 있는 박현은 키가 컸다. 족히 180cm는 넘어 보였다.

언뜻 앳되어 보이지만 강력계 형사답게 눈빛이 강렬하고 전체적으로 강한 위압감이 느껴졌다.

"그럼 둘이 잘해 보라고."

유호동 형사과장이 박현의 어깨를 툭 친 후 강력팀 사무실을 나갔다. 형사과장이 자리를 뜨고 강력1팀장 강철민이 자리에서 일어나 다가왔다.

짝짝짝!

"자, 주목!"

강철민의 목소리에 2열로 늘어진 책상에 앉아 있던 1팀 형사들이 그를 바라보았다.

"대충들 눈치챘지? 이번에 새롭게 합류하는 막내다. 그리고……."

강철민은 얼굴을 잔뜩 찌푸린 박현을 슬쩍 쳐다보며 말을 이어갔다.

"홀로 외로이 생활하는 현이의 새로운 짝지이자 부사수다. 한 경위, 와서 인사해."

강철민의 간단한 소개가 끝나자 한설린은 옷맵시를 단정히 하며 한 걸음 앞으로 걸어 나와 부동자세를 취했다. 가벼운 숨을 들이마신 후 경례했다.

"경위 한설린, 20XX년 9월 1일 부로 형사과 강력1팀으로 배정받았습니다. 이에 신고합니다, 충성!"

제법 낭랑하게 목소리에 패기를 담았다.

"잘 부탁해!"

"휘이익! 좋겠다, 현. 그리고 잘 부탁한다!"

여기저기서 반갑게 여기는 목소리가 터져 나왔다.

아니 그러겠는가.

경찰 조직 내에서 여성의 비율이 절반 가까이 올라갔다고는 하지만 형사과, 거기에 흉악범들을 상대하는 강력팀과는 먼 나라 이야기였다.

그렇게 우중충한 강력팀에 여인이 들어왔다.

그것도 젊디젊은.

아니 그냥 젊은 여성만 와도 팀 내 분위기가 화사해질 텐데, 새로 온, 아니 처음 강력팀에 발을 디딘 한 경위는 경찰청 홍보 모델을 해도 이상하지 않을 정도로 예쁘기까지 했다.

순간 형사들도 발령에 오류가 있었지 않았을까 언뜻 생각이 들 정도였다.

그래서인지 파티션으로 구분 지어 놓은 다른 팀에서도 고개를 빼꼼히 내밀고 구경을 할 정도였다. 물론 때때로, 아니 비교적 빈번하게 휘파람 소리도 들렸다.

그렇게 밝은 환영을 받은 후 강철민 팀장은 한설린에게 다시 박현을 소개했다.

"같은 경위라지만 몇 년 선배이기도 하고, 자네 사수이
기도 하니 알아서 잘 모셔."

다시 한설린에게 박현을 소개했다.

"알겠습……."

"한 경위."

박현은 한설린이 대답하기도 전에 그녀의 말을 잘랐다.

"……네?"

"사수로서 한마디 하지."

한설린은 우악스러운 위압감에 고개를 끄덕였다.

"한 경위가 할 일은 하나야."

"뭔가요?"

"아무것도 하지 마."

"네?"

"아!무!것!도! 하!지! 마!"

박현은 순간 아무 생각도 못 하고 눈만 껌뻑이는 한설린
에게 얼굴을 가져가며 한 글자 한 글자 씹어 삼키듯 말했
다.

"나 두 번 말 안 해. 그러니 명심해."

오한이 들 정도로 찬바람 쌩쌩 부는 말을 끝으로 박현은
의자에 앉고는, 다시 낮잠을 청하려는 듯 책상에 발을 올리
고 신문으로 얼굴을 가렸다.

잠시의 시간을 두고 한설린은 입술을 질끈 깨무는 것도
모자라 주먹을 꼭 쥐며 파르르 떨었다.

　　"현아, 너는 왜 그러냐?"

　　앞에 앉아 있던 김한영 형사가 박현을 나무라며 흘겨보
고는 한설린을 향해 방긋 미소를 지었다.

　　"경찰대 졸업하고 순환근무 중이면……, 24살인가?"

　　"네, 그렇습니다."

　　"이야, 부럽네. 부럽다."

　　김한영 경위는 말꼬리를 길게 늘어트렸다.

　　"현이를 두고 부러우면 어쩝니까?"

　　김한영 경위의 부사수 김완 형사가 박현을 턱으로 가리
켰다.

　　"하긴. 저 녀석이 더 부럽지.

　　그 말에 맞다는 듯 김한영 경위가 고개를 끄덕였다.

　　"6호봉에 형사 4년차, 경위. 하지만 나이는 무려……."

　　"아마 다섯일 겁니다. 스물다섯."

　　"더 부럽네. 더 부러워."

　　김한영 형사의 말에 한설린은 눈을 동그랗게 떴다.

　　자기랑 비슷한 나이로 보였기에 경찰대 출신인 줄 알았
다. 아니 적어도 경찰간부후보생 시험 출신이리라 여겼다.
25살에 6호봉이면 딱 만 18세, 20살에 경찰 임용되었다는 뜻이다.

'그 나이에 합격해서 경위?'

9급 공채, 순경으로 시작하여 경위를 달지 말라는 법은 없다. 그 수가 미미하지만, 경위를 다는 이들이 아주 없지는 않았다.

하지만 말이다.

순경으로 시작해서 경사로 은퇴하는 이들이 부지기수.

경위나 경감 정도로 은퇴한다고 해도 근속 년 수가 30년 가까이 되는 것이 보통이다. 간혹 무시무시하게 실적을 쌓으며 초고속 승진을 하는 이들도 순경에서 경위를 다는 데 빨라도 7~8년이 걸린다고 들었다.

그런데 25살에 경위라니.

'도대체 어떻게 생활하면 25살에 경위가 될 수 있는 거지?'

묵직한 박현의 목소리가 그녀의 상념을 깨트렸다.

'아니, 만 18살에 응시할 수 있다고는 하지만…… 군대는?'

경찰 시험에 응시하려면 반드시 군필이여야 한다.

한설린의 머릿속이 한순간 복잡해질 때였다.

"형님, 그만하시죠."

박현은 차가운 목소리로 맞은편에 앉아 있는 김한영 형

사를 쏘아붙였다.

"왜? 계급장 떼고 한 판 붙자고?"

"네."

"아이구, 치아라! 나는 오래오래 살고 싶다."

김한영 형사는 능글맞게 웃은 후 서류철 사이로 얼굴을 숨겼다.

박현은 한설린과 눈이 마주치자 미간을 슬쩍 찌푸렸다.

"할 말 있어?"

"왜, 왜 말을 놓으시죠?"

멍하니 있다가 저도 모르게 발끈했다. 이내 자신이 내뱉은 실수에 내심 쥐구멍이라도 찾고 싶어졌다. 그런 마음과 달리 한설린은 도도하게 눈을 치켜떴다.

"호오―, 물건이야."

김한영 형사의 자그만 감탄사에 박현이 고개를 돌려 그를 노려보았다.

"그 사건이 어디 있더라―."

김한영 형사는 간발의 차이로 박현의 시선을 피해 서류를 뒤적였다.

"……왜 그렇게 봅니까?"

박현이 바싹 다가붙어 자신의 얼굴을 빤히 뚫어지게 바라보자 한설린은 뒤로 한 걸음 물러났다.

"미쳤나 싶어서."

"네?"

"내가 우스운 거야, 아니면 조직이 우스운 거야?"

한설린을 향해 한 걸음 다시 붙는 박현. 마치 고양이 앞에 선 쥐처럼 한설린의 몸은 움츠러들었다.

"계급은 같다지만."

박현이 더욱 가까이 다가서며 얼굴을 바싹 가져가자,

"흡."

한설린은 흠칫거리며 뒤로 다시 물러나다가 의자 다리에 걸려 의자에 주저앉았다. 박현은 허리를 숙여 한설린에게로 다시 얼굴을 가까이 붙였다.

"내가 호봉도 높고."

박현의 목소리는 한없이 차가웠다.

"형사 사수이기도 하고."

그보다 더 차가운 것이 있었으니 그건 바로 먹물처럼 까만 눈동자였다. 그 눈동자는 차가움을 넘어 무섭기까지 했다. 자신에게 무슨 억하심정이 있어 저러는지 몰랐다. 오기가 왈칵 솟았다.

"……여기서 내가 말을 놓지 말아야 할 이유가 있나?"

"……."

"여기는 대학교가 아니야. 경찰이고, 조직이다. 너는 내

직속 부사수고. 설마 이해 못 하고 그런 건 아니지?"

분연히 한 마디 쏘아붙이고 싶었지만 할 수 없었다.

이미 자신이 먼저 실수도 했지만, 무엇보다 저 시커먼 눈동자가 주는 압박에 짓눌려 버린 후였다.

"……예."

한설린은 이를 꽉 깨문 채 대답했다.

"야, 박현. 시답잖게 신입 갈구지 말고."

그런 그녀를 구해준 목소리가 있었으니.

"시간 남아돌면 건강검진이나 받고 와."

강철민 팀장이었다.

그의 걸걸한 목소리에 그제야 박현은 그녀에게서 시선을 떼고 허리를 폈다.

"너 올해도 안 받으면 시말서로 안 끝나! 알아들었어?"

"제가 언제 받기 싫어서 안 받았습니까?"

"그러니까. 무슨 일이 있어도 이번 주, 아니다. 내일 받아. 알았어?"

띠리리리리—.

낯선 휴대폰 소리에 박현이 그녀의 눈앞에 손을 활짝 펴며 품을 뒤졌다.

"그래."

박현은 묵직한 목소리로 전화를 받았다. 수화기에 단 한 마디 던져놓은 박현의 입가에 진한 미소가 그려지기 시작했다.

"알았다."

묵직한 목소리로 통화를 마친 박현은 자연스레 강철민 팀장과 눈이 마주쳤다. 박현이 눈빛으로 옥상을 가리켰다.

그 순간 강철민 팀장의 눈빛이 깊게 가라앉으며 그가 빠르게 팀원을 쳐다보았다. 이미 1팀 형사들은 강철민 팀장을 주시하고 있었다.

강철민은 씨익 웃으며 자리에서 일어났다.

"으아―, 담배나 한 대씩 피울까?"

강철민은 되지도 않는 연기를 하며 자리에서 일어났다.

박현과 강철민을 선두로 한순간 강력1팀 팀원들이 우르르 옥상으로 몰려나갔다.

위압에 눌려 멍하니 있던 한설린은 갑작스러운 상황에 정신을 차리지 못하고 잠시 눈만 껌뻑이다가 화들짝 그들을 쫓아 형사과를 나섰다.

그런 그녀의 귀에,

"뭐야?"

"또 건수 잡은 거야?"

"현이 저 새끼, 저거 괴물이구만. 괴물."

다른 팀 형사들의 부러움 반, 시샘 반 섞인 목소리가 들려왔다.

*　　*　　*

　"뭐야? 뭔데?"

　옥상 구석에 집결하자마자 강철민이 빠르게 물었다.

　"먼저 확실히 합니다."

　박현은 1팀 형사들을 쭉 쳐다보며 말을 이어갔다.

　"이번 건은 원갑이 형님 겁니다."

　박현이 다시 한 번 다짐을 받았다.

　"그럼, 원갑이도 경위 달아야지. 1팀 사수가 경사가 말이 돼?"

　신동진 형사가 황원갑 형사의 어깨에 팔을 걸치며 마치 자기 일처럼 싱글벙글 웃었다.

　"자자, 그럼 합의는 된 거고. 누구야?"

　강철민이 가볍게 분위기를 환기시키며 물었다.

　"조순영."

　"조순……, 뭐?"

　강철민이 이름을 따라 읊조리다가 저도 모르게 버럭 목소리를 키웠다.

　"씨발, 대박인데."

강철민의 입이 찢어질 듯 벌어졌다.

조순영.

나이 34살.

죄명 강도살인 및 강간.

문제는 이 녀석의 죄질이 아니었다.

전국 지명 수배가 떨어지고도 그의 범행이 이어졌고, 급기야 광역수사대로 이관되어 전 경찰이 합동 검거에 들었음에도 불구하고 그의 행적은 항상 오리무중이었다. 급기야 경찰의 체면을 벗어던지고 공개 수배에 들어간 지도 1년 반이 흘렀다.

그는 그 사이 3차례나 더 범행을 질렀다.

그렇게 드러난 것만 9차례일 뿐, 얼마나 더 많은 범행을 했을지 짐작조차 하지 못했다.

"확실하냐?"

강철민이 담배를 입에 물며 물었다.

"에이, 형님도. 어디 이 녀석이 엉뚱한 정보 물고 온 적 있습니까?"

김한영 형사의 말에 강철민 팀장이 고개를 끄덕이며 담배를 발로 비벼 껐다.

"좋아. 이번 건은 원갑이 거니까 체포조는 원갑이 조. 나머지는 서포터다. 모두 알아들었지?"

"누가 잡으면 어떻습니까?"

김한영 형사가 농을 툭 던졌다.

"말이 그렇다는 거야, 인마."

"그리고."

박현이 강철민 팀장과 김한영 형사의 말 사이에 끼어들었다.

"미리 말씀드리면 다음 건은 핏덩이 겁니다."

"……?"

다들 의아한 표정을 짓다가 이내 그의 뒤에 멀뚱하게 서 있는 한설린을 보자 고개를 끄덕였다.

"뭘 그렇게 빨리 보내려고 하냐? 간만에 칙칙한 분위기가 사는구만."

김한영 형사의 말에.

"경위로 만족하시고 은퇴하시고 싶으십니까?"

박현이 딱딱하게 받아치자.

"새끼, 농담도 못 해."

김한영 형사는 얼른 말을 바꿨다.

"여기서 누가 네 말에 딴지를 걸겠냐? 다들 들었지? 다음은 신입 거다."

강철민은 한설린을 슬쩍 바라본 후.

"그 새끼 어디에 짱 박혀 있냐?"

다시 본론으로 돌아갔다.

"웨스트 돔 대로(大路) 건너 상가 빌라입니다."

"뭐?"

강철민의 목소리가 다시 커졌다.

"완전 코앞이었구만. 근데 왜 여태껏 몰랐지?"

"성형수술을 했답니다."

"개나 소나 다 성형이구만."

"거기에 다른 이의 주민등록증을 가지고 있답니다."

"아마도 지금 사용하는 주민등록증이……."

"우리가 알지 못하는 피해자이지 않을까 싶습니다."

"니미럴."

강철민이 나직하게 욕지거리를 내뱉을 때, 박현은 빠르게 휴대폰을 조작했다.

톡! 띠링!

저마다 휴대폰 알람이 울렸다.

"얼굴을 숙지하시기 바랍니다."

"이야, 이 새끼. 완전히 얼굴이 바뀌었는데."

"옆으로 지나가도 모르겠는데요."

황원갑 형사와 임승국 형사가 폰에 뜬 사진을 보며 중얼거렸다.

"현재 목표는 삼원빌라 201호입니다."

박현의 말이 끝나자.

"각자 챙길 거 챙기고 바로 출발하기로 하고. 일단 나와 현이는 먼저 가서 체포 및 도주 경로를 파악하자."

강철민의 말을 끝으로 강력1팀은 긴장된 표정으로 옥상을 내려갔다.

박현은 강철민과 함께 주차장으로 내려와 검은색 외제 승용차로 향했다.

철컥!

둘은 익숙하게 차에 올라탔다.

박현이 부드럽게 차를 몰아 주차장을 빠져나가려는 그때.

"스톱! 인마, 스톱!"

강철민 팀장의 말에 박현은 급히 브레이크를 밟았다.

"왜 그러십니까?"

"짝지, 너 짝지 안 챙겨?"

주차장에서 엉거주춤 뛰어오는 한설린의 모습이 백미러로 보였다.

"아이, 씨."

박현은 불만을 터트리며 차 문을 열었다.

"죄, 죄송합니다."

뒷문을 열고 차에 올라탄 한설린은 급히 숨을 몰아쉬며

사과했다.

"쯧."

박현은 그런 한설린을 백미러로 보며 혀를 찼고, 그런 그
의 모습을 본 강철민은 고개를 절레절레 저었다.

부아아아아!

그의 심정을 대변이라도 하려는 듯 박현은 차를 거칠게
몰아 경찰서를 나섰다.

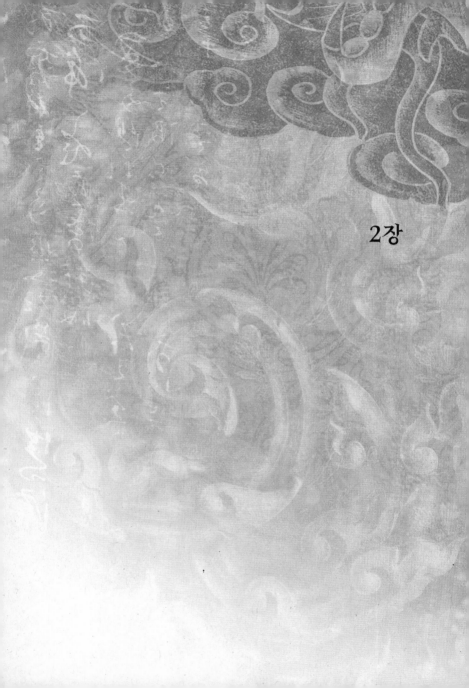

2장

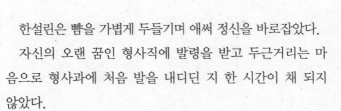

한설린은 뺨을 가볍게 두들기며 애서 정신을 바로잡았다.

자신의 오랜 꿈인 형사직에 발령을 받고 두근거리는 마음으로 형사과에 처음 발을 내디던 지 한 시간이 채 되지 않았다.

정신을 차리고 나자 겨우 주위가 눈에 들어오기 시작했다.

가장 먼저 눈에 들어온 것은 백미러를 통해 보이는 박현의 눈매였다. 그것을 시작으로 한설린은 차 내부로 눈길을 옮겨갔다.

'음?'

형사하면 떠오르는 것이 몇 가지 있다.

그중 하나가 바로 차였다.

내부에 온갖 잡동사니와 쓰레기가 돌아다니는, 과연 범인을 추격할 수 있을까 싶을 정도로 낡은 차를 떠올리기 마련이다. 아무래도 오랜 잠복근무와 박봉의 월급 때문에 그런 선입견이 생기지 않았을까 싶다. 사실 경찰서 주차장에 그러한 차들이 즐비하기도 하였다.

어쨌든.

일단 차 내부는 먼지 한 톨 보이지 않을 정도로 깨끗했다.

"팀장님. 차 안에서는 금연입니다."

그때 들려온 무뚝뚝한 박현의 목소리.

"맞다. 그렇지."

그러고 보니 차에서 퀴퀴한 냄새도 나지 않았다.

그러나 그게 문제가 아니었다.

'형사 월급으로 이 차가…… 말이 되나?'

눈에 띄는 외제차는 아니었다.

강남에만 가도 흔하게 볼 수 있는 독일 메이커 차였고, 색깔도 한국 사람들이 가장 많이 선호한다는 검은색이었다.

문제는 가격이었다.

흔하게 볼 수 있지만, 누구나 쉽사리 살 수 없는 중대형.

'대략 1억이 넘지 않나?'

차 가격이 얼핏 떠오를 무렵.

"이야, 차 좋네. 근데 이건 또 언제 산 거야?"

"저번 주에 출고되었습니다."

"그래?"

"혹시 몰라서 한 대 더 샀습니다."

가볍게 오가는 대화에 한설린은 미간을 좁힐 수밖에 없었다.

나이는 자신보다 한 살 많은 25살.

경찰 시험을 보려면 반드시 군필이어야 한다. 20살에 합격했으니 군대를 다녀왔을 리는 없고, 면제가 분명하다.

강력계 형사 정도라면 신체가 불편할 리는 더더욱 없고.

'부잣집 아들인가?'

꼬리에 꼬리를 무는,

'아니면 어느 재력가의 혼외자식?'

의문이 더해질수록 더욱 깊은 의문에 빠져들었다.

한설린은 백미러를 통해 박현을 쳐다보았다.

쿵!

심장이 뚝 떨어졌다.

백미러에 비친 그의 심해처럼 깊은 눈동자가 그녀의 눈을 뚫고 머릿속으로 파고든 것이었다. 그리고 마치 먹물이 한지를 적시며 퍼지듯 검은 눈동자에서 시작해 그의 얼굴이 떠올랐다.

갑자기 심장이 날뛰며 얼굴은 발갛게 상기되었다.

'왜?'

한설린은 빨갛게 달아오른 얼굴이 들킬까 재빨리 창문 쪽으로 고개를 돌렸다.

그녀는 혼란 그 자체였다.

박현이라는 사수는 자신을 무슨 굴러다니는 짐짝처럼 취급했다. 사수가 처음 부임한 부사수에게 처음 한 말이 아무것도 하지 말라는 것이니 분함에 속으로 눈물마저 삼키지 않았던가.

자신에게 호의적이지도 않은, 첫인상마저 최악인 그를 보며 심장이 뛰다니.

적나라케 머릿속을 파고드는 그의 얼굴이라니.

한설린은 바짓가랑이를 꽉 움켜쥐며 입술을 베어 물었다. 하지만 한설린의 눈은 저도 모르게 창문에 비친 박현의 뒷모습을 향하고 있었다.

대로와 인접한 평범한 주택가에 중형 세단이 들어섰다.

박현은 자연스럽게 '삼원빌라'라 적혀 있는 건물을 끼고 차를 몰았다.

《그 새끼, 머리가 아주 비상합니다. 방은 사거리 모퉁이에 있어 자연스레 창문 수도 많습니다. 게다가 2층이라서

여차하면 뛰어내려 도주하기도 좋습니다.》

제법 규모를 갖춘 1층에는 마트가 있었는데 차양이 넓게 쳐져 있었다.

《더욱이 대로만 건너면 웨스트 돔인지라 인파들 속에 숨어들기에도 안성맞춤입니다.》

박현은 조금 전 통화를 떠올리며 빌라 맞은편을 쳐다보았다.

왕복 8차선의 대로가 있기는 하지만 그 대로만 건너면 사시사철, 밤낮 구분 없이 인파들로 빼곡한 종합 쇼핑몰인 웨스트 돔이 있다. 웨스트 돔 안으로만 들어가면 인파들 속에 몸을 감추기에 더할 나위 없다. 더욱이 인근에는 고속버스 터미널까지 있어 지방으로 몸을 내빼기에도 용이하다.

"이 새끼 용의주도하네."

강철민 팀장도 주변 지리를 한눈에 파악한 듯 중얼거렸다.

박현은 삼원빌라에서 한 골목 지나 차를 세웠다. 차에서는 삼원빌라가 보이지만 삼원빌라에서는 잘 보이지 않는 자리였다.

"여기에 계십시오. 제가 한번 훑어보고 오겠습니다."

"그래. 나는 팀원들 대기시켜 놓을게."

박현이 차에서 내리고 막 걸음을 떼려는 그때.

철컥—

차 뒷문이 열리고 한설린도 차에서 내리고 있었다.

"뭐야?"

"네?"

"누가 내리라고 했지?"

한설린은 박현의 날 선 목소리에 얼굴을 굳혔다.

"차에 있어."

딱히 목소리가 크지도 않았고, 윽박지르지도 않았다.

그저 조용히 말했을 뿐이었다.

한설린은 울컥거리는 마음에 뭔가 반박이라도 하려 했지만 이미 박현은 몸을 돌려 삼원빌라로 향하고 있었다.

'창문이 다섯.'

빌라를 크게 한 바퀴 돌며 자연스럽게 빌라 안으로 들어갔다. 복도에서 조순영이 기거하는 방과 주변을 확인했다.

'옥상으로 올라가는 계단이 하나.'

박현은 계단을 걸어 옥상으로 올라갔다.

철컹—.

예상대로 옥상 문은 열려 있었다.

옥상 구석에는 누군가가 키우는 듯한 화분이 잔뜩 놓여 있었고, 반대편에는 빨랫줄이 길게 늘어져 있었다. 세심하게 옥상을 살피며 난간으로 다가갔다.

'생각보다 가까운데.'

박현은 옥상 난간에 한쪽 발을 올리고 옆 건물을 쳐다보았다.

옆 건물과 떨어진 거리는 대략 1m 내외.

"웃차."

박현은 약간의 반동을 실어 옆 건물 옥상으로 뛰었다. 그리고 계단과 이어지는 철문으로 향했다. 역시나 옆 건물 옥상 문도 개방되어 있었다.

조순영은 아마 이 점도 미리 체크해 놨을 것이 분명하다.

가벼운 발걸음으로 옆 빌라를 내려온 박현은 건물 밖으로 나가다가 황급히 다시 건물 안으로 몸을 숨겼다.

박현은 조금 전 장면을 떠올렸다.

방금 건물을 막 벗어나려는 그때의 순간이 마치 사진처럼 머릿속에 떠올랐다. 어릴 적 자신이 과다기억증후군이 아닐까 의심이 들었을 정도로 박현의 기억력은 초능력을 빗댈 정도로 엄청났다.

어찌 되었든 방금 떠올린 사진 같은 기억 속에서 막 삼원 빌라를 벗어나는 한 인물의 얼굴을 확인했다.

그 얼굴을 확인하는 순간 박현의 눈매가 날카롭게 변했다.

'조순영.'

박현은 한쪽 입꼬리를 말아 올리며 건물 밖으로 나갔다.

조순영이 대략 10m가량 앞에서 걷고 있었다. 수수한 색의 양복에 낡고 두툼한 가방을 들고 있는 그는 언뜻 보기에 평범한 회사원 같았다.

사람들의 눈에 띄어도 금세 잊힐 그런 모습이었다.

박현은 발걸음 소리를 죽이며 그의 뒤를 조심히 따라붙었다.

'음.'

우연히도 조순영의 발걸음은 박현의 차가 있는 골목으로 향했다.

박현은 저 멀리 보이는 자신의 차를 쳐다보았다.

그리고 차에 타고 있던 강철민과 눈이 마주쳤다. 강철민의 눈빛에 박현은 고개를 저었다. 동시에 박현은 조용히 걸음을 빨리했다.

'……!'

강철민 팀장과 눈이 마주치고 다시 조순영의 뒤로 시선을 옮길 때 아주 찰나지만 한설린과 눈빛이 마주쳤다. 그리고 뭐라고 하기도 전에 한설린이 차에서 내리고 있었다.

'저 씨!'

한눈에도 어색해 보이는 동작에 잔뜩 굳은 표정. 조순영을 안 본다고 하지만 몇 번이나 조순영의 얼굴을 흘깃거리는 눈동자.

박현의 얼굴이 일그러졌다.

아니나 다를까.

조순영이 갑자기 앞으로 튀어나갔다.

"조순……."

그런 조순영 앞을 한설린이 막아서며 크게 소리쳤다.

'망할!'

박현은 이를 악물며 뛰어나갔다.

조순영은 섬뜩한 눈으로 앞을 가로막는 한설린을 향해 가방을 던졌다. 한설린은 가볍게 가방을 내치며 그에게 엉기려는 듯 양팔을 뻗었다.

하지만.

조순영은 격투기 선수처럼 민첩하게 몸을 숙여 그녀의 가슴을 어깨로 처박았다.

쾅—

한설린은 마치 덤프트럭에라도 받힌 듯 뒤로 날아가 차에 부딪혔다.

그리고 조순영은 그 순간 100m 단거리 선수처럼 빠르게 골목길로 사라졌다. 엄청난 주파에 박현도 이를 악물며 그의 뒤를 쫓았다.

'헉헉헉!'

가쁜 숨이 목구멍을 기어올랐지만 박현은 꾹꾹 내려박으

며 달렸다. 어디 가도 달리기 하나만큼은 뒤지지 않는다 생각했다. 단거리 육상선수는 어쩔지 몰라도 이제껏 자신보다 빠르게, 그리고 오래 달리는 사람은 보지 못했다.

그런데 눈앞에 달려가는 조순영은 마치 단거리 육상선수를 연상케 할 정도로 빨랐다.

'잡히면 뒈졌어.'

박현은 이를 악물며 다시 다리에 힘을 주며 달렸다.

팍!

조순영은 갑자기 골목길로 튀어 들어갔다.

박현이 막 골목길을 돌 때쯤 조순영은 한 마리 새처럼 2m 남짓한 벽을 손 하나만 써서 휙 타 넘어가고 있었다.

상식적으로 말이 안 되는 장면에 박현의 눈동자가 파르르 떨렸다.

'내 이 새끼 꼭 잡고야 만다!'

요동치던 눈동자가 단단하게 잡히며 독기가 피어올랐다.

파박!

박현은 오른 발로 벽을 차고 담벼락 위를 두 손으로 잡아당기며 힘겹게 뛰어넘었다.

쿵!

거의 구르다시피 담을 넘은 박현은 재빨리 자리에서 일어났다.

'......!'

기를 쓰고 도망가던 조순영이 느긋한 모습으로 자신을 바라보고 있었다.

박현은 그를 주시하면서 빠르게 주변을 살폈다.

폐가.

오랜 시간 사람이 살지 않은 듯 낡고 허름하고 군데군데 부서진 모습들이 눈에 들어왔다.

"내가 도망을 친 걸까, 아니면 너를 유인한 걸까?"

"아 놔—."

박현은 주위에 아무도 없음을 깨닫고는 숨을 가라앉히는 동시에 목을 이리저리 꺾었다.

"이 새끼."

그리고는 조순영을 노려보며 차가운 미소를 드러냈다.

박현은 손을 풀며 조순영에게 느릿한 걸음으로 다가갔다.

'......?'

보통 이 상황이면 가만히 서 있거나 한두 걸음이라도 뒷걸음치기 마련이었다. 그런데 조순영은 오히려 자신의 걸음에 맞춰 다가온 것이었다.

박현의 눈매가 가늘어졌다.

단순히 강간과 살인을 저지르는 놈이 아님을 직감한 것이었다.

"남자는 내 취향이 아닌데. 모든 것을 뜻대로 할 수는 없으니……."

박현은 자신 앞에서 능글맞은 웃음을 그리는 조순영을 보며 그보다 더 섬뜩한 미소를 지어 보였다.

"새끼, 죽고 싶어서 환장을 했네. 어떻게 죽여줄까? 앙?"

박현에게서 숨이 막힐 듯한 위압감이 피어났다.

조순영은 그런 박현을 쳐다보며 눈을 몇 번 껌뻑이더니,

짝!

"너 사람 한두 번 죽여 본 게 아니구나?"

뭐가 그리 좋은지 박수를 치며 환한 웃음을 지었다.

"형사 앞에서 못 하는 말이 없네."

"맞네. 맞아."

조순영은 박현의 눈동자를 향해 얼굴을 내밀어 연신 쳐다보았다.

"네 눈에 살귀(殺鬼)가 살고 있구나. 히히."

"살귀가 살고 있는 건 너고."

"나? 아닌데."

"이 기회에 물어보자. 몇이나 죽였나?"

"너보다는 적지."

조순영은 뭔가를 안다는 듯 눈썹을 올렸다가 내렸다.

"왜 죽였냐?"

박현은 꿈틀거리는 살기를 가라앉히며 물었다.

"애 하나 놓고 오순도순 살다가 죽어 저승에서 오붓하게 아들이 차려준 잿밥 먹자고 했는데 다들 싫다고 하잖아!"

조순영은 미친놈이 틀림없었다.

아무런 전조도 없이 급격히 감정의 변화를 보이며 거칠게 소리쳤다.

"고작?"

박현의 반문에.

"네가 뭘 알아!"

조순영의 목소리가 폭탄처럼 터졌다.

단순히 목소리만 큰 것이 아니었다. 그 목소리는 마치 머릿속에서 폭탄이 터진 듯 귀가 아닌 머리를 뒤흔들었다. 그 충격에 박현의 몸은 마치 전기에 감전이 된 듯 바르르 떨었다.

"네가 뭘 알아? 네가 뭘 아냐고!"

미친놈처럼 화를 터트리는 조순영의 몸에서는 검은 연기가 피어올랐다. 동시에 마치 화면이 일그러지는 것처럼 그의 몸도 괴물처럼 찌그러져 갔다.

"잿밥 없이 구천을 떠돌아 봤어? 기약 없이 주려봤냐고! 그깟 사내놈 하나 낳는 게 뭐가 대수라고! 내가 잘해 준다고 했는데! 내가 잘해 준다고 했는데! 사내놈 하나만 낳자

고 했는데! 왜 거부하는 거야! 함께 저승길에서 잿밥 나눠
먹으면……."

조순영의 목소리는 점점 인간의 것이 아닌 것으로 바뀌
어 갔다.

박현은 마치 물속에 빠진 것처럼 정신을 차릴 수 없었다.
지금 이 상황이 환상처럼 느껴졌다.

정신을 차리려고 머리를 세차게 흔들어 보고, 입술을 깨
물어 봤지만, 눈앞 조순영의 모습과 목소리는 달라지지 않
았다. 아니, 환상이 아닌 듯 그의 붉어진 눈동자는 더욱 또
렷하게 눈에 박혔다.

"감히 내 일에 초를 치려 해! 죽어! 죽어버렷!"

조순영의 몸이 마치 형체가 없는 보자기처럼 변하며 박
현의 몸을 덮쳤다.

'……!'

박현은 어떤 상황인지 이성적으로 판단되지 않지만 이대로
는 죽는다는 사실을 직감했다. 허망하게 죽을 수는 없었다.

가슴 깊은 곳에서 독기가 솟구쳤고, 그 순간 박현의 몸속
에서 유황불이 피어난 것처럼 화기(火氣)가 솟아났다.

피가 뜨겁게 끓어오르자 고통이 찾아왔다.

'으으으으!'

지독한 고통에 박현의 눈에 핏발이 들어찼다.

핏발에 가려진 그의 눈동자는 검은색이 아니었다.

황금처럼 찬란한 금빛 눈동자였다.

"이 새끼야, 죽으려면 너나 죽어!"

박현은 마치 폭발하는 화산처럼 살기를 터트렸다.

동시에 핏발이 선 황금 눈동자에 귀광(鬼光)이 피어났다.

"히익!"

박현의 몸을 덮쳐 가던 조순영의 흐물흐물한 형체에서 기겁성이 흘러나왔다.

"크허어엉!"

그런 조순영을 향해 박현의 울음이 터졌다.

그 울음은 짐승의 것도 아니요 사람의 것도 아니었다. 육체가 아닌 정신을 흔드는, 귀성이라고밖에 할 수 없는, 소리가 아닌 충격이었다.

푸른 귀광을 폭사하는 두 눈동자 아래로 살짝 길어진 송곳니가 번들거렸다.

        *   *   *

턱!

어깨가 힘없이 벽에 부딪히고,

콰당—

힘이 풀린 다리는 몸을 지탱하지 못하고 꺾였다.

바닥에 주저앉은 박현은 부들부들 떨리는 몸을 내려다보았다.

'뭐야?'

머리는 어질어질하고 시야는 혼미했다.

마치 혼탁한 저수지에 빠진 느낌이랄까, 그런데 머릿속에 자리 잡은 기억은 이상하리만큼 생생했다.

자신이 터트린 포효에 조순영의 흐물거리는 몸은 '퍽!' 하는 소리와 함께 바닥으로 툭 떨어졌다. 그 형체는 마치 물을 꽉 채운 인형이 물이 단숨에 빠지고 그 거죽만 남은 것처럼 보였다.

인체를 이루는 뼈와 근육은 애초에 없었다는 듯 흐물거리는 가죽만 땅바닥에 축 늘어진 모습이었다.

허나 그것도 잠시, 구역질 나는 냄새와 함께 그 가죽마저 검은 연기가 되어 사라졌다.

아니 연기가 맞긴 한 걸까?

검은 아지랑이라고 하는 게 더 맞을 듯싶다.

연기라면 반드시 하늘로 피어오르거늘 그 검은 연기, 아니 아지랑이는 금세 사라졌으니.

그렇게 박현은 멍하니 조순영이 사라진 자리를 쳐다보았다.

얼마의 시간이 흘렀을까, 그리 긴 시간은 아닌 듯싶었다.

물에 젖은 솜처럼 축 처졌던 몸에 활기가 가득 들어찼다.

박현은 주먹을 꽉 말아 쥐었다.

묵직한 힘이 느껴졌다.

'그러고 보니 나도 정상은 아닌가?'

과도한 힘을 쓰고 탈진을 하면 잘 먹고 푹 쉬어야 힘이 돌아온다.

그게 상식이고 정상이었다.

그러나 자신은 달랐다.

조금의 시간이 흐르면 언제 그랬냐는 듯 힘이 돌아온다.

그뿐만이 아니었다.

그뿐만이……

＊　　　＊　　　＊

조순영이 죽은 폐가.

폐가 지붕에 한 인물이 내려앉았다.

깔끔한 캐주얼 슈트에 세련된 선글라스, 그리고 백금발로 염색한 머리는 그만의 패션 감각의 정점을 찍고 있었다.

어딜 가도 눈에 확 띄는 그런 모습이었다.

"쯧쯧."

스물 중반, 많아야 서른으로 보이는 사내는 조순영의 시신이 있던 곳을 바라보며 혀를 찼다.

"망할 무자귀(無子鬼)[1] 같으니라고. 구천이나 떠돌 것이지……, 다 죽어 무슨 부귀영화를 노리겠다고, 에잉……."

눈살을 찌푸리며 지붕에서 바닥으로 뛰어내렸다.

착—

거의 소음이 일지 않을 정도로 그의 몸놀림은 가벼웠다.

"무자귀야 그렇다고 치더라도, 한낱 귀신에 잡아먹힌 이 불쌍한 중생은 어찌할꼬."

사내는 한숨을 푹 내쉬고는 스타일리시한 백팩에서 알록달록한 옷을 꺼냈다.

붉은색 도포에 화려한 색으로 수놓은 무당 옷이었다.

"이봐, 망자. 상황이 상황인지라 간소하게 할게. 이해해 줄 거지?"

그의 가방에서 술과 떡을 내려놓았다.

"간소하지만 이래봬도 내가 꽤 영험하거든. 옥황상제께서도 이 몸의 진오기굿에 감명 받아서 극락에 보내 주실 거야. 어디 보자."

박수무당[2]은 가방에서 지전과 함께 칠성방울과 부채를 꺼내들었다.

"그리고……."

다시 말을 잇던 박수무당의 눈빛이 그 순간 번뜩였다.

등 뒤에서 낯선 기척이 느껴진 탓이었다.

휘릭—

박수무당은 부채를 허공에 던지며 오른팔, 팔목에 찬 두 툼한 쇠로 된 팔찌를 털었다.

촤아악!

팔찌는 마치 한 마리 뱀처럼 그의 손 안으로 기어 올라가 더니 곧 한 자루의 날카로운 날렵한 곡선을 자랑하는 곡도 가 만들어졌다.

쐐애애애액—

그는 뒤로 몸을 틀며 곡도를 휘둘렀다. 곡도는 공기를 가 르며 어느 순간 모습을 드러낸 그림자를 향해 날카로운 이 빨을 내밀었다.

"아이— 참. 조심하라구요, 조 박수."

산뜻한 하늘색 투피스 정장을 입은 앳된 여인이 싱긋 눈 웃음을 지으며, 양손을 활짝 펴 적의가 없음을 보였다.

"어디 신성한 굿판에 인간의 탈을 쓴 년이 나타나!"

조 박수, 박수무당 조완희의 몸에서는 상당한 살기가 피 어올랐다.

"너무 그러지 말라고요. 이 소녀도 오고 싶어서 온 게 아 니랍니다."

그녀는 꽃사슴같이 애수에 젖은 눈으로 굿판을 차린 장소를 쳐다보았다.

"신력(神力)이 터졌기에 어쩔 수 없이 온 거예요."

여인의 말에 조완희의 눈두덩이가 떨렸다.

"신력?"

조완희는 반문하며 그녀의 목에 겨눴던 곡도를 거뒀다.

"저승³⁾이 아니었던 말이지?"

조완희는 힙색처럼 생긴 자그만 가죽 주머니에서 노란 부적을 하나 꺼내 들었다. 그는 흐물거리는 부적을 어느새 빳빳하게 세워 조순영이 죽은 자리에 던졌다.

화르르륵—

부적은 저절로 불이 붙어 사라지며 또 다른 불, 푸른 불을 만들어냈다.

"지랄."

저승사자가 데려간 것이 아니었다.

소멸, 말 그대로 소멸인 것이다.

강력한 신력에 의해서.

"이 소녀의 마음 같아서는 서로 웃으며 몸을 맞대고 싶지만……, 사정이 사정이니 불편해도 참아줘요. 알았죠?"

하늘색 투피스의 여인은 조완희의 엉덩이를 가볍게 툭 쳤다. 그녀가 눈웃음을 짓자 청초함 속에 색기가 풀풀 흘렀다.

　　　　　　*　　　*　　　*

"어떻게 되었어?"

강철민 팀장은 양손을 바지에 넣고 터벅터벅 걸어오는 박현을 향해 달려갔다.

"상부에 보고 안 했죠?"

박현의 말에 강철민 팀장의 눈에 언뜻 실망감이 감돌았다.

"그럴 여유나 있었나? 있었어도 안 했지."

하지만 강철민은 이내 털어버리며 씨익 웃음을 지었다.

"그나저나 별일이네. 네가 범인을 다 놓치고."

"뭐 저라고 다 잡을 수 있는 건 아니지 않습니까."

"너라면 다 잡는 줄 알았지."

강철민 팀장의 말에 박현은 쓴웃음을 슬쩍 지었다.

"그나저나 차는 어쩐다냐?"

뒷문짝이 움푹 들어간 박현의 차를 보며 강철민이 뒷머리를 긁적였다. 생각 같아서는 공금으로 수리해 주고 싶지만 어디 경찰 사정이 그런가? 국산도 아닌 1억이 넘는 외제차니 더더욱.

"차야 고치면 되고, 병아리는 어디 있습니까?"

"애가 옴팡지게 정신을 잃어서 한영이랑 완이 시켜서 병원으로 날랐다."

강철민이 박현의 눈치를 슬쩍 살폈다.

"몸은 어떻답니까?"

박현은 이 상황이 마음에 안 든다는 듯 미간을 찌푸렸다.

"내가 의사도 아니고 보면 뭐 아나? 그래도 일단 크게 이상은 없어 보였다."

"다행이네요. 형님들은요?"

"사정을 모르니 일단 근처에 대기시켜 놨어. 헛물 켰으니 복귀해야겠지. 그나저나 원갑이 실망이 크겠네."

"널리고 널린 게 범죄자 아닙니까?"

"하하, 그렇지."

"다시 적당한 놈으로 찾아보죠 뭐."

박현의 말에 강철민의 눈빛이 반짝였다.

"저놈 안 잡고?"

"이 상황에 모습을 드러내겠습니까? 어딘가에 꼭꼭 숨겠죠."

"하긴……."

강철민은 고개를 끄덕였다.

"그럼 철수하자."

강철민은 휴대폰을 꺼냈다.

"놓쳤어. 어어, 그래. 해산하자. 퇴근할 놈들은 알아서 퇴근들 해. 그래, 이 상황에 책상 앞에 앉아 있어 봐야 멍밖에 더 때리겠냐? 어쨌든 나는 사무실로 들어갈 테니까, 나머지는 알아서 하라고 전해. 그래, 수고하고."

강철민은 그다지 길지 않은 통화를 마치고 박현을 쳐다보았다.

"너는 어찌할 거냐?"

"사무실 가봐야 꿀꿀하기밖에 더하겠습니까? 집에나 가죠, 뭐."

꿀꿀함보다는 혼란이지만.

"오늘은 푹 쉬고, 아니다. 낼 정기검진 받고 모레 출근해."

그 말에 박현의 눈가가 찌푸려졌다.

"내 말했다. 검사받아."

남들과 다른 신체.

그 찜찜함이 내심 피어올랐다.

"꼭 해야 됩니까?"

"그래, 꼭 해야 합니다. 아셨습니까, 박 경위님?"

강철민이 말을 꼭꼭 씹으며 말했다.

"뭔 말이 그렇게 많아? 그냥 가서 피 뽑고, 엑스레이 찍으면 끝인데. 설마……, 너 주사기 무서워하냐?"

강철민이 게슴츠레한 눈으로 박현을 쳐다보았다. 그러나 이미 박현은 차에 올라타 시동을 걸고 있었다.

부아아앙—

'어?' 라고 반응도 하기 전에 그의 차는 묵직한 배기음을 내뱉으며 시야에서 사라졌다.

"야! 박현! 나 태워 주고 가야지!"

강철민은 뒤늦게 소리를 질렀다.

*   *   *

띠리리리—

특이할 것도 없는, 아니 모두가 저마다 좋아하는 가수의 음원을 벨소리로 쓰는 요즘이기에 오히려 특이한 기본 벨소리가 울렸다.

박현은 앞 유리창에 거치된 휴대폰에 시선을 주었다.

"말해."

박현은 블루투스 이어폰을 귀에 꽂으며 전화를 받았다.

"어디?"

통화를 받는 박현은 익숙하게 차를 돌렸다.

박현의 검은 승용차가 향한 곳은 웨스트 돔에서 한 블록 떨어진 유흥가였다. 박현의 차는 유흥가 외곽을 돌아 유명 스포츠 매장과 사무실이 들어선 5층 건물의 지하 주차장으로 들어섰다.

박현은 지하 1, 2층에 빈 자리가 있었음에도 불구하고 지하 3층으로 내려가 굳게 닫힌 철문 앞에서 차를 세웠다.

"오셨습니까?"

말끔한 양복을 입은 서른 중후반의 사내가 차 앞으로 다가와 허리를 깊게 숙였다.

"양 회장은?"

"기다리고 계십니다."

박현은 익숙하게 그를 따라 굳게 닫힌 철문으로 향했다. 그러자 한 덩치를 하는 깍두기 머리의 앳된 청년이 박현의 차에 올라탔다.

투박한 철문을 지나자 다시 두터운 철문이 굳게 닫혀 있었다. 조금 전 지하주차장을 통해 들어온 철문은 낡고 허름했지만, 다시 그를 맞이한 철문은 화려한 무늬가 새겨져 있었다.

쿵쿵!

박현을 안내하던 사내, 강두철이 주먹으로 철문을 두들기자 조금 전과 달리 잡음 하나 없이 철문이 열렸다.

철문 너머는 조금 전 지나온 음침한 통로와는 전혀 다른 빛이 흐르고 있었다.

화려함의 극치라고는 할까?

고급 서재? 아니 서양 중세 시대의 영주성의 접객실?

그러한 단어들이 떠오를 만큼 화려하기 짝이 없었다.

물론 이곳이 재벌가의 고급 서재이거나 응접실은 아니었다. 바로 간판조차 올리지 않은 최고급 룸싸롱이었다.

"오랜만에 뵙겠습니다."

서른 중반쯤으로 보이는 여인, 마담이 박현에게 깊게 파인 앞가슴을 오른손으로 가리며 정중하게 인사를 올렸다. 그녀의 인사에 박현은 고개만 까딱이며 익숙하게 가게 안으로 걸음을 옮겼다.

"소녀가 뫼시겠습니다."

마담이 박현에게 붙으며 가장 깊숙한 방으로 안내했다.

방 안에는 마흔 중반의 사내가 앉아 있었다.

이름은 양두희.

일산의 밤을 지배하는 일청파 두목이었다. 그리고 박현을 안내하고, 그가 방에 들어서자 밖에서 조용히 문을 닫는 서른 중후반의 사내는 바로 일청파 부두목인 강두철이었다.

양두희, 강두철.

이름에서 앞 글자 '두' 자를 가져와 쌍두마차라 불리었다. 이 둘은 여느 조직폭력단도 무시하지 못하는 전국구로 통하는 거물 중에 거물이었다. 그런 부두목 강두철이 박현을 안내했고, 두목 양두희는 그가 방 안에 들어오자 옷을 정리하며 허리를 직각으로 숙였다.

"감히 자리를 청해서 죄송합니다."

"괜찮아. 남들 이목도 있고, 나도 여기가 편해."

박현이 편하게 자리에 앉자, 그제야 양두희도 다시 자리에 앉았다. 그리고 마담, 양희라도 조용히 박현 옆을 차지했다.

"좀 더 편히 쓰실 수 있게 복권으로 준비했습니다."

양두희는 상의 안주머니에서 손바닥만 한 로또 용지를 꺼내 박현에게 공손히 내밀었다.

"당첨금은 대략 60억 정도에, 실수령액은 40억이 조금 넘습니다."

"로또라……."

박현은 팔랑거리는 로또 종이를 바라보며 피식 웃음을 삼켰다.

"혹시나 몰라 이것도 준비하였습니다."

한 묶음의 로또 종이들이었다.

책을 훑듯 로또 종이들을 좌르르 넘겨보니 하나같이 같은 번호가 적혀 있었다.

"이 정도면 편히 쓰실 수 있을 겁니다."

"양 회장이 노력을 많이 했군."

박현의 칭찬에 양두희의 눈동자에 희열의 감정이 일렁거렸다.

*용어

1) 무자귀: 무자귀, 혹은 무자귀신(無子鬼神). 자식 없이 죽은 귀신

2) 박수무당: 박수 혹은 박수무당. 남자무당을 지칭하는 말.

3) 저승: 저승, 혹은 저승사자. 죽은 자를 염라대왕의 명을 받고 저승으로 인도하는 매개자.

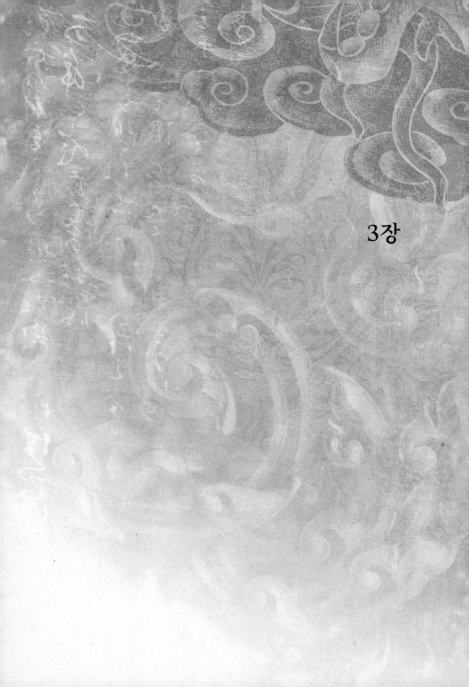

3장

위내시경 등 몇 가지 검사를 자비로 추가하면 모를까 사실 기본으로 제공되는 건강검진은 별다른 건 없었다.

문진표를 작성한 후에 간호사들의 손에 이끌려 이곳저곳 전전하며 과연 이게 병을 찾을 수 있을까 싶은 검사만 받는 듯싶었다.

박현은 왜 이런 검사를 하면서 애꿎은 시간을 허비하나 생각이 들 정도였다.

'출근 안 하는 거 하나는 좋은 건가?'

피식 웃음이 흘러나왔다.

"박현 환자분."

잠시 후 그를 부르는 호명에 자리에서 일어나 채혈실로 들어갔다.

"혈액형이 뭐예요?"

간호사의 질문에 박현은 잠시 고개를 갸웃거렸다.

언뜻 혈액형이 떠오르지 않았다.

잠시 기억을 되짚어보니 병원은커녕 학교에서도 그 흔한 신체검사를 받은 적이 없었다.

"저기요?"

"생각이 안 나네요."

박현의 멋쩍은 표정에 간호사는 별일이다 싶었는지 피식 웃음을 보였다.

"경찰서에서 나오셨죠?"

"네."

"험한 일 하시는데 혈액형은 알고 있어야 해요. 혹여나 나중에 사고가 나거나 하면……."

"명심하죠."

박현은 왠지 간호사의 말이 길어질 거 같아서 그녀의 말을 잘랐다.

지루한 시간이 지나가고.

박현이 탈의실에서 환자복을 벗고 자신의 옷으로 갈아입는데 강철민 팀장으로부터 전화가 왔다.

《너 일산병원이지?》

"안 받으면 누가 죽일 거 같아서요, 건강검진 받으러 왔습니다."

《새끼, 너 좋으라고 그런 거다: 그리고 내 용건은 그게 아냐, 임마.》

"……?"

《너 부사수, 일산병원에 입원했다고 하니까 너라도 문병하고 와.》

"팀원들은요?"

《극구 오지 말라 하고, 과장님도 가지 말라 해서 우리는 안 갔다. 너라도 갔다 와. 미우나 고우나 네 부사수 아니냐.》

강철민 팀장은 용건만 툭 던지고는 전화를 끊었었다.

사실 그녀가 싫다거나 미운 건 아니다.

뭐 함께 생활을 해 봤어야 그런 감정이 생기지, 딸랑 하루 봤는데 그런 감정이 생길 리 없었다. 뭐 간혹 보기만 해도 싫은 사람이 아예 없는 것은 아니지만.

단지 귀찮고 그녀가 배치된 것이 짜증이 날 뿐이었다.

'너무 매몰차게 대했나?'

정이 쌓일지 아니면 남남처럼 될지는 모르겠지만, 일단 그녀는 자신의 부사수였다.

박현은 안내데스크에서 그녀의 병실을 확인한 후 1층에 자리한 편의점으로 향했다. 비싸 보이는 과일 세트 등이 보였지만, 굳이 잘 보여야 할 입장도 아니고 인사치레하는 정도인지라 가장 만만한 선물용 과일 주스 세트를 샀다.

'10층이면 VIP실인가?'

1인실이라고 해서 다 같은 1인실이 아니었다. VIP전용 입원실은 올라가는 엘리베이터도 달랐다. 박현은 VIP전용 엘리베이터를 타고 10층으로 올라갔다.

1층에서 VIP전용 입원실로 올라가는 엘리베이터를 타는 것은 아무 제제가 없었지만 10층 문이 열리면 상황은 조금 달라진다.

엘리베이터 바로 앞에는 자그만 데스크가 있었고, 그곳에 앉아 있던 여인이 박현 앞으로 다가왔다.

박현은 습관처럼 여인이 아닌 주위를 먼저 살폈다.

데스크가 마치 벽처럼 막고 있어 입원실로 가기 위해서는 반드시 지나쳐야 하는데 그곳에는 건장한 체격의 경비 네 명이 자리하고 있었다. 그들의 이목이 자신에게 쏠려 있음이 느껴졌다.

"무슨 일이신가요?"

박현은 그녀의 왼쪽 가슴에 '실장 한미혜'라 달린 명패를 확인하며 한미혜 실장과 시선을 마주했다.

"한설린 환자를 찾아왔습니다."

"한설린 환자분이요?"

편안한 목소리로 응대했지만, 그녀의 눈은 살모사처럼 빠르게 박현의 몸을 훑은 후였다.

"어떤 사이인지 물어봐도 될까요?"

"직장 동료입니다."

"성함은요?"

한미혜 실장은 여전히 눈웃음으로 일관하고 있었지만, 눈동자는 전혀 웃음을 담지 않고 있었다.

"밝혀야 합니까?"

박현의 눈매가 가늘어졌다. 하지만 그 안에 가려진 눈동자는 반짝거렸다. 아주 친하지 않은 이상 문병이라는 게 가는 사람도 환자도 서로 귀찮은 법이다.

좋은 핑계거리가 생겼다.

"알고 오셨겠지만 여기는……."

"쯧."

박현은 혀를 차며 던지듯 음료 박스를 그녀에게 넘겼다.

"전해 주세요."

"네?"

그녀의 반문에 박현은 몸을 돌려 엘리베이터 문을 열었다.

"누구시라고 전해드릴지……."

당황한 것인지 한미혜 실장은 조금 전과 달리 똑 부러지게 말을 잇지 못했다.

"사수."

"……?"

"직장 사수. 그리만 전해 주면 됩니다."

엘리베이터 문은 닫혔다. 그리고 박현의 표정은 찌푸려진 것이 아니라 한결 가벼워져 있었다. 편한 사이도 아니고, 귀찮음을 덜었기 때문이었다.

'그런데 어느 집안이길래.'

박현은 엘리베이터에서 내리며 전화를 들었다.

*　　　*　　　*

"으으으으!"

젊은 의사가 피곤함에 기지개를 켰다.

"이거 하나 하고 좀 쉬어야겠군."

의사는 박현이라는 이름이 붙은, 피가 담긴 얇은 유리 시험관을 집어들었다.

'혈액형을 몰라?'

진단 차트에 혈액형이 공란 처리되어 있었고, '혈액형을 모름' 이라고 간호사의 사족이 쓰여 있었다.

"뭐야? 이 나이에 자기 혈액형도 몰라?"

종종 혈액형이 틀리는 경우는 있어도 아예 모른다고 답하는 이는 거의 없었다. 의사는 눈가를 찌푸리며 책상 앞에 놓인 몇 가지 시약을 뽑아들었다.

혈액형을 알아보기 위해 유리 슬라이더에 피 몇 방울을 떨어뜨렸다.

"응?"

결과를 기다리던 의사는 고개를 갸웃거렸다.

'이상하네.'

의사는 유리슬라이더를 알코올로 깨끗하게 소독한 뒤 다시 피를 떨어뜨리고 혈액형 검사 시약을 섞었다.

여전히 혈액형 판별이 되지 않았다.

"이게 무슨……."

첫 번째야 모르겠지만 두 번째에 실수는 없었다.

"그건가?"

젊은 의사의 눈에 흥분이 담겼다.

"과장님."

젊은 의사는 고개를 돌려 여유롭게 차를 마시며 논문을 읽고 있는 과장을 불렀다.

"무슨 일이지?"

"혈액형 판별이 안 됩니다. 혹시 그거 아닙니까?"

"판별이 안 돼?"

"전세계적으로 희귀한, 거~ 뭐야. 수혈을 하지도 못하고 받지도 못하는 그 혈액형 말입니다."

"N?"

"네. 이거 보건부에 보고해야 하는 거 맞죠?"

젊은 의사의 물음에,

"그건 내 일이고. 혈액 샘플이랑 환자 차트 가져와."

과장은 책상 위에 어지럽게 깔린 논문을 대충 치워 자리를 만들었다.

"여기 있습니다."

"피곤해?"

"피곤할 리 있겠습니까?"

"그럼 심심해?"

"심심하다기보다……."

젊은 의사는 어색한 웃음을 지었다.

"선배도 후배도 없고, 달랑 하나 있는 윗줄이 나이 많은 과장에 칙칙한 연구실에서 허구한 날 피나 세균만 바라보고 있으니 안 심심하다면 거짓말이겠지. 다 알아, 인마. 나도 그랬으니까."

과장은 푸근한 미소를 지으며 레지던트 3년차 젊은 의사를 바라보았다.

"오늘 날도 좋은 듯하니 커피나 한 잔 마시고 와."

"……."

"괜찮아. 1시간 준다. 갔다 와."

"넵. 대신 맛있는 아메리카노 사오겠습니다."

과장의 넉넉한 인심에 젊은 의사는 환한 웃음을 짓고는 재빠르게 대답을 흘리며 사무실에서 사라졌다.

"하하하하. 녀석."

과장의 푸근한 웃음이 언제 그랬냐는 듯 사라졌다.

그는 차가운 눈으로 잠긴 책상 서랍을 열어 푸른 시약 하나를 꺼냈다. 유리 슬라이더에 박현의 피 한 방울을 떨어뜨리고 시약을 섞었다.

결과를 지켜보던 과장의 눈두덩이가 꿈틀거렸다.

과장은 서둘러 자리에서 일어나 박현의 이름이 적힌 차트를 훑으며 전화기를 들었다.

"나요. 뭐 하나만 알아봐 주시겠소?"

《……》

"이름, 박현. 생년월일이 199X년 3월 3일생. 주소가 고양시……."

박현의 신상을 불러준 과장은 잠시 수화기를 들고 상대방의 대화를 기다렸다.

"네. 네. 네? 병원 기록뿐만이 아니라 학생 신체 기록도 없다고요? 네. 네. 알겠습니다. 감사합니다."

수화기를 내려놓은 과장은 가늘어진 눈으로 박현의 이름을 내려다보았다.

"산부인과 기록이 없으니 집에서 태어났겠고, 그래도 그렇지 병원 한 번 간 적이 없다라. 아니, 그건 그렇다고 쳐도 학생 기록조차 없다니. 이런 일도 다 있군."

과장은 다시 수화기를 들어 어디론가 전화를 걸었다.

"저 일산 일산병원 한 과장입니다. 네. 네. 다름 아니라 혈액형 M형이 발견되었습니다. 네. 네. 인적사항은……."

박현의 혈액형을 검사한 시약에는 'blood type myth[혈액형 종류 신화(神話)]'이라고 적혀 있었다.

*　　　*　　　*

"음……. 알았네."

어느 순간부터 한재규 회장의 눈빛이 서늘하게 바뀌었다.

"당신 바쁜 건 알지만, 딸내미 입원실에 와서까지 그렇게 통화를 해야겠어요?"

통화를 마치자 한 회장의 부인인 박 여사가 다가왔다. 그러자 그가 언제 그랬냐는 듯이 사랑스럽다는 눈빛으로 그녀를 바라보았다.

"내가 통화하고 싶어서 그런 게 아니래두."

"자, 이거 마셔요."

"당신이 이런 음료수도 마셔?"

한 회장은 일반 시중에서 파는 음료수를 들며 의아한 눈으로 쳐다보았다.

"눈에 넣어도 안 아픈 딸내미 상사가 사왔네요."

"상사?"

"이름이 뭐더라, 외자이던데."

"현이에요. 박현. 그게 사수 이름이에요. 지지리 재수도 없기도 해요."

한 회장은 입을 삐죽 내밀며 쌍심지를 켜는 한설린을 바라보았다. 그의 얼굴은 부드러운 표정이었지만, 음료수 병을 든 손에는 힘이 바싹 들어가 있었다.

                    *   *   *

일주일 후.

"걱정을 끼쳐 죄송합니다."

퇴원한 한설린은 사무실에 들어서자 허리 숙여 사과했

다.

"몸은 이제 괜찮은 거야?"

조순영을 놓쳤다.

온전히 그녀의 잘못이라고 할 수는 없어도 상당한 영향을 끼친 것은 부정할 수 없었다. 어색해질지 모르는 분위기에 가장 먼저 그녀에게 안부를 물은 이는 다름 아닌 황원갑 경사였다.

그 역시 조순영을 놓친 건 아쉽지만, 형사 생활하며 찍은 범인을 모두 잡을 수 없다는 것을 오랜 경험상 누구보다 잘 알고 있는 그였다.

아쉬운 것은 아쉬운 것이고, 직장 동료는 동료인 것이다. 비록 얼굴도 익지 않은 신출내기라고 할지라도.

"걱정해 주셔서 감사합니다."

그의 너그러운 마음 씀씀이에 한설린은 미안함을 담았다.

"형사는 말이야, 몸이 재산이야. 그것만 명심하면 돼."

"명심하겠습니다."

다분히 형식적이라고는 하지만 둘 사이의 대화로 분위기는 한층 부드러워졌다.

한설린은 1팀 팀원들과 짧은 안부를 주고받은 후 자신의 자리에 앉았다.

"음료수 잘 마셨습니다."

한 이십여 분 시간이 흘렀을까, 한설린이 말을 툭 던지듯 감사의 뜻을 표현했다.

"그래."

둘 사이의 대화는 그걸로 끝.

박현은 여느 때처럼 미해결 사건들을 살피다가 점심시간에 맞춰 자리에서 일어났다.

"팀장님."

"음?"

"오늘은 외근 후 바로 퇴근하겠습니다."

박현은 1팀만이 아니라 형사과를 통틀어 에이스였다. 그렇기에 어지간한 일은 그냥 통과였다. 강철민 팀장은 별다른 고민 없이 고개를 끄덕였다.

"그래."

"그럼 내일 뵙겠습니다."

박현은 회색 슈트 상의를 입으며 형사과를 나왔다.

차에 타고 막 시동을 거니 조수석 문이 열렸다.

한설린이었다.

"함께 외근한다고 했습니다."

"개인적인 일이야."

완곡한 거절.

"그럼 점심이라도 함께 먹고 싶습니다."

"점심이라."

"하고 싶은 이야기가 있습니다."

그녀의 눈동자에는 애원을 넘어 무언가가 있었다.

"그럼 그러지."

허락이 떨어지자 한설린은 조수석에 올라탔고, 차는 부드럽게 경찰서를 나섰다.

*　　　*　　　*

박현이 한설린을 데리고 간 곳은 프랑스 레스토랑이었다.

한설린이 프랑스 레스토랑에 들어서며 놀란 것은 세 가지였다.

첫 번째는 화려한 실내에 비해 테이블은 고작 세 개라는 점이었다.

그렇다고 테이블이 다닥다닥 붙어 있느냐 하면 그건 아니었다. 개방된 주방을 중심으로 삼면에 테이블이 하나씩 놓여 있었다. 그리고 테이블 사이에 화초 등을 이용해 적당한 가림과 개방을 동시에 추구하고 있었다.

이 정도 넓이면 족히 십여 개 이상의 테이블을 놓을 수 있을 텐데 이 레스토랑은 그렇지 않았다.

두 번째는 바로 웨이터의 행동이었다.

"어서 오십시오."

오성급 호텔에 온 것처럼 웨이터의 안내는 조금도 불편을 느끼지 못할 정도로 자연스러웠다.

그리고 마지막 세 번째.

그건 바로 가격이었다.

가격이 비싸서?

아니었다.

아니 그럴지도.

메뉴판에는 가격 자체가 적혀 있지 않았으니까.

"흠."

한설린은 미묘한 침음을 삼켰다.

"보통 얼마나 하죠?"

한설린의 물음에 웨이터는 조용히 웃음을 지었다.

보통 사람이 레스토랑을 선택한다. 반면 레스토랑이 손님을 선택하는 경우도 있다. 바로 이 레스토랑과 같이.

"걱정하지 마. 내가 낼 테니까."

박현은 메뉴판을 덮었다.

"점심이니까, 가볍게 에피타이저, 메인, 디저트로 둘. 거기에 탄산수 부탁합니다."

"알겠습니다."

웨이터가 주방으로 사라졌다.

요리가 나오고, 어색한 침묵 속에 식사가 시작되었다.

달그락, 달그락.

"먹지. 함께 먹는 사람도 생각해 달라고. 체하겠어."

박현은 고기를 꼭꼭 씹으며 두툼한 스테이크를 잘랐다. 그 말에도 한설린은 포크와 나이프를 든 채 박현을 바라보고만 있었다.

"이것 참."

박현은 와인보다는 못하지만 탄산수로 입 안의 기름기를 씻으며 그녀와 시선을 마주했다.

"할 말 있으면 해. 먹고 체하는 것보다 듣고 먹는 게 낫겠어."

그 말에 한설린은 포크와 나이프를 식탁에 내려놓았다.

"죄송합니다."

"뭐가?"

한설린의 사과에 박현이 되물었다.

"……조순영 놓친 일 말입니다."

머뭇머뭇 나온 한설린의 말에 박현은 피식 웃으며 다시 포크와 나이프를 들었다.

"고작 그거야?"

박현은 한설린을 빤히 쳐다보며 말을 이었다.

"그건 그렇다 치고 왜 나한테 사과하지?"

"그거야 저 때문에……."

이해하지 못하겠다는 박현의 모습에 한설린은 입술을 꼭 깨물며 대답했다.

"뭔가 착각한 모양인데. 조순영, 내 사건이 아니야. 사과가 목적이라면 상대가 틀렸어. 사과하려면 원갑이 형님한테 해."

"이미 했습니다."

"그건 잘했네."

박현은 고개를 끄덕이며 다시 포크를 들었으나, 여전한 그녀의 시선에 다시 포크를 내려놓았다.

"어차피 입맛 없지?"

냅킨으로 입을 닦으며 손으로 웨이터를 불렀다.

"치워 주세요. 디저트는 생략하고, 커피나 한 잔. 아니 두 잔."

식탁이 치워지고 이내 향긋한 커피가 두 잔 나왔다.

"내가 왜 아무것도 하지 말라고 했는지 조금은 이해가 되나?"

"……네."

"형사는 다른 경찰 부서와 달라. 분위기 익히고 상황 파악할 때까지는 내가 하라는 것만 하고 스스로 아무것도 하지 마."

한설린은 고개를 끄덕였다.

"내가 널 싫어한다고 생각해?"

"……."

"이런 이야기 하고 싶어서 무리해서 따라온 거 아니야?"

"그렇다면 왜 저를 못마땅해 하는지 묻고 싶습니다."

"너를 못마땅해 하지 않아."

"……?"

이해하지 못하겠다는 한설린의 표정.

"우리가 짝지라는 거 말고, 서로에 대해 아는 게 있나? 싫어하고 말고 할 그 무엇도 없어. 다만 이제는 편히 형사 생활하고 싶은데……."

"제가 여자라서 그런 건가요?"

한설린의 말에 박현은 고개를 저었다.

"네가 남자라도 매한가지였어."

한설린은 박현의 눈을 빤히 쳐다보았다.

"자화자찬 같지만 나 이렇게 봐도 실적 국내 탑이야."

"알고 있습니다."

"그렇다 보니 자꾸 너 같은 애들을 붙여 주잖아."

그 말에 한설린의 눈가가 찌푸려졌다.

"단순히 그게 아니라는 건 알고 있습니다."

"알고 싶어?"

박현은 커피에 설탕 반 스푼을 넣었다.

"네."

박현은 대답 대신 커피를 한 모금 마시며 눈을 감고 향을 음미했다.

"왜?"

박현은 이내 다시 질문을 던졌다.

"왜 형사가 된 거지?"

"네?"

"왜 형사가 되었냐고."

"어릴 적부터 꿈이었습니다."

한설린은 별다른 고민 없이 대답했다.

나름 생각이 확고하다는 뜻이리라.

"진짜?"

"한 번도 고민하지 않았습니다."

"거 참 특이하군."

박현은 피식 웃으며 커피잔을 내려놓으며 물었다.

"……?"

"어릴 적부터 꿈이었다라."

"네."

박현은 한설린의 다부진 눈을 바라보았다.

"듣고 싶어? 상처받을 텐데."

"상처받는다 해도 듣고 싶습니다."

한설린이 딱딱한 어투로 대답했다.

"난 원래 정의로운 놈이 아니야. 정의감에 형사짓을 하는 것도 아니고. 적당히 눈 감을 때는 눈 감고, 상대가 장단을 필요해하면 연극 놀이도 해 주고, 그래 살지. 그런데 말이야. 넌 연극 놀이가 너무 어설퍼."

박현은 다리를 꼬며 의자 등받이에 몸을 젖혔다.

"연극 놀이라니요. 저는 경찰 생활에 대해 한 번도 가볍게 생각해 본 적이 없습니다."

"왜 이러나, 아마추어처럼."

순간 박현의 입가가 삐죽 올라갔다.

매혹적인 웃음이나 그 미소를 마주하는 한설린에게는 비웃음처럼 느껴졌다.

"아니, 왜 이러십니까? 대(大) 한성그룹 금지옥엽 한설린 아가씨께서."

박현의 말에 한설린의 몸이 굳어졌다.

"어떻게 알았어요?"

한설린의 목소리가 차갑게 변했다.

"혹시 아버지께서."

"그럴 리가. 그분이 감히 나 같은 피라미에게 '우리 딸 좀 잘 부탁하네.' 이러셨을까? 팀장님과 과장님도 모르는 그 일을."

"누구야, 당신? 차도 그렇고, 이 식당도 그렇고."

"내가 궁금한가?"

"……."

"진짜 형사가 되고 싶다고?"

"……."

한설린의 침묵이 길어질수록 박현의 입가에 묻어 있던 미소가 사라졌다.

"전에는 아니었는데 이제부터는 한 경위가 진짜 못마땅하게 될지도 모르겠어."

"무슨 뜻입니까?"

"한 경위는 멍청한 거야? 아니면 아둔한 거야?"

말을 하고 나서 박현은 잠시 눈을 껌뻑였다.

"그게 그 말인가?"

중얼거림, 그러나 한설린의 귀에까지 똑똑히 들릴 정도로 목소리는 작지 않았다.

"박 경위님."

한설린이 어금니를 꽉 깨물며 박현을 불렀다.

"지금 저를 놀리시는 건가요?"

"설명해 달라며?"

"이!"

한설린은 발끈했다.

"잘 들어. 내가 너의 사수니까 단 한 번만 충고한다. 잘 새겨들어. 한 경위가 한성그룹 영애라는 건 나밖에 모르니까 그건 걱정할 필요는 없어. 그런데 말이야. 한 경위가 대단한 집의 딸이라는 건 이제 다 알아. 왜? 입원도 적당한 곳에 하고 면회를 받든가, 아니면 청장이랑 서장 입이라도 닫게 만들든가. 그렇게 분위기 팍팍 풍기고 청장 전화 오고 서장이 분위기 잡고 그러면 바보가 아닌 이상에야 다 알지."

"……!"

한설린의 눈동자가 파르르 떨렸다.

미처 생각지 못했다.

직장이 아니기에 마음 놓고 평소처럼 활동했을 뿐이었다. 근데 그게 문제였던 것이었다.

똑똑.

박현은 손가락으로 탁자를 가볍게 두들겨 분위기를 환기시켰다.

"다시 원점으로 돌아가서 형사가 꿈이라고?"

되돌아온 질문.

"네."

박현은 부담스러울 정도로 한설린의 얼굴을 빤히 쳐다보았다.

"형사가 되고 싶으면 마음 단단히 먹어. 어설프게 형사 놀이 하지 말고. 네가 하기 나름이야. 진짜 형사가 될지 아니면 너와 비슷한 애들처럼 내 실적을 받아 위로 승진할지."

"형사가 될 겁니다."

"어찌될지는 모르지만, 그 말은 마음에 드네."

박현의 감정을 보이지 않던 딱딱한 입술에 살짝 미소가 맺혔다. 한설린도 그 미소를 따라 부드러운 미소를 지었다.

"그럼 여기서 다시 질문. 형사가 뭐지?"

"범죄자를 잡는 경찰입니다."

"범죄자를 잘 잡는 형사는?"

"머리가 좋거나, 혹은 달리기를 잘해 놓치지 않거나, 서로 부딪혔을 때 제압할 수 있게 힘이나 무술이 뛰어나거나……, 여러 유형이 있습니다."

"그렇지. 선천적이거나, 후천적이거나 반드시 자신만의 장점을 가지고 있지."

박현은 식은 커피를 비웠다.

"머리가 나쁘지는 않네. 그럼 이제 어떻게 해야 할지도 알겠지?"

쉽사리 이해가 되지 않는 듯 한설린은 입을 열지 못했다.

"너의 장점은?"

"……?"

"범인을 잡을 수 있는 장점. 다른 형사가 가지지 못한 장점. 있잖아, 너에게는. 누구도 가지지 못한 장점 말이야."

박현의 직선적인 시선에 한설린은 입술을 굳게 닫으며 빠르게 사고했다.

자신의 장점.

남들이 가지지 못한 장점.

'뭐지? 나에게만 있는 장점이?'

시간을 두고 아무리 고민해도 알 수 없었다.

"알려 주십시오."

"내가 말했잖아. 너 한성그룹 금지옥엽이잖아. 대주주이기도 하고."

"그게 무슨 상관이죠?"

"조순영 찾고 싶어? 한성그룹 사원이 몇 명이야? 그룹 커뮤니티로 공문 내려. 너 돈 많잖아. 한 1억 포상금으로 걸어. 돈 때문에 형사하는 거 아니잖아?"

한설린은 망치로 머리를 한 대 맞은 것처럼 멍한 모습을 보였다. 하지만 이내 발끈했다.

"하지만!"

"하지만 뭐?"

"저는……."

"형사는 누구에게나 정보원이 있어. 범죄자도 있고, 조폭도 있지. 너는 누구보다도 큰 정보 조직을 가진 셈이야. 한성그룹의 사람이라는 것은 모르지만 어차피 다들 네가 대단한 집의 딸이라는 건 다 알아. 적당히 감추고 적당히 드러내. 그러는 게 차라리 다른 사람들도 편해."

잠깐의 침묵 후.

"이후의 고민은 너의 몫이야."

박현은 자리에서 일어났다.

"그리고 마지막으로."

그 말에 깊은 고민에 빠졌던 한설린은 화들짝 정신을 차리며 박현을 올려보았다.

"나에 대해 궁금하다 했지? 한번 알아봐."

박현은 한설린의 어깨를 두어 번 툭 두들긴 후 자리를 떴다.

"하아—."

한설린은 그제야 깊은 한숨을 내쉬었다.

그가 해 준 말, 상상 이상으로 큰 충격을 주었다.

'형사를 나도 모르게 가볍게 생각했었나?'

그가 던져준 고민거리는 꼬리에 꼬리를 물고 돌고 돌아 그녀의 머릿속을 복잡하게 만들었다. 어느새 그녀의 생각은 고민에서 박현에게로 옮겨가 있었다.

화끈!

갑자기 몸에서 열병이 오르듯 열이 올랐다.

"어머!"

한설린은 화끈거리는 뺨에 양손을 가져갔다.

'내가 왜 이러지?'

이어 심장도 쿵쾅쿵쾅 뛰었다.

사춘기 시절 또래의 여자들이 남자에게 관심을 보일 때에도 남자라는 존재는 그녀의 관심 밖이었다. 진지하게 자신에게 문제가 있나 고민을 했을 정도였다.

전에도 지금도 남자에게는 관심이 없었다.

그랬던 자신이, 지금도 그러한 자신이.

이상했다.

'왜?'

모르면 부딪혀 알아보는 게 최고다.

한설린은 서둘러 자리에서 일어나 밖으로 뛰어나갔다.

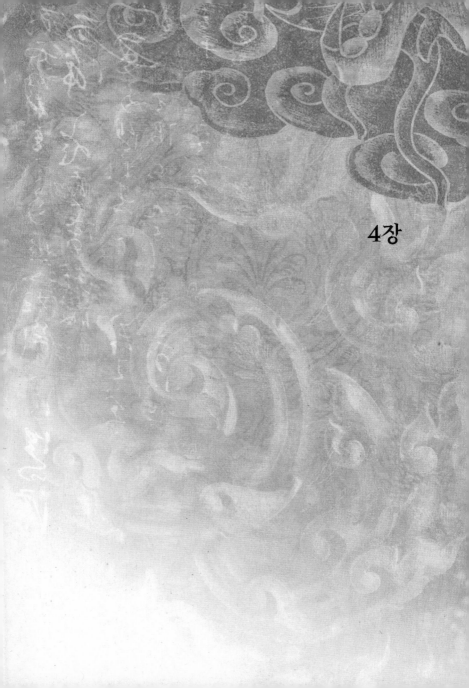

4장

　　레스토랑에서 나온 박현이 차를 막 출발하려 할 때, 문이 벌컥 열리며 한설린이 가타부타 없이 조수석에 올라탔다.

　　"또 뭐야."

　　"일단 선배님의 정체를 두 눈으로 알아보려 합니다."

　　"선배?"

　　박현의 눈가에 주름이 그려졌다.

　　"네. 제 사수이고 선배이시니 앞으로 그렇게 부르겠습니다."

　　박현은 한설린의 얼굴을 빤히 쳐다보았다.

　　그녀의 눈빛은 확연히 달라져 있었다.

뭐라고 해야 하나? 전에는 억눌린 무언가가 있었다면 지금은 해방감이 느껴진다고나 할까?

"훗."

박현은 피식 웃으며 차를 몰아 주차장을 나섰다.

"어디로 가시는 건가요?"

"농협중앙회."

"농협중앙회? 금융은 경제팀 관할 아닌가요?"

"맞아."

"그런데 갑자기 거기로는 왜……?"

"로또 당첨금 받으려고."

"……로또?"

"로또."

"로또 당첨금은 농협중앙회에서 찾아야 하는 건가요?"

"1등이니까."

"아……, 네?"

고개를 끄덕이던 한설린의 목소리가 급격히 커졌다.

"뭘 그렇게 놀래?"

"그럼 안 놀랍니까?"

한설린은 눈을 동그랗게 뜨며 되물었다.

"자주는 아니더라도 몇 번 봤을 거 아냐?"

"무슨 말씀을."

"자금 세탁, 혹은 비자금, 아니면 뇌물 등등. 그리고……."

"그리고?"

"재산 상속."

박현의 말에 한설린은 입을 쩍 벌렸다.

"뭘 그렇게 놀라?"

"……."

"설마 한 번도 못 본 거야?"

잠시 생각에 잠기는가 싶더니.

"하긴 경영 일선에는 참여하지 않았다고 했었던가? 그러면 못 봤을 수는 있겠군. 로또 1등 당첨금, 상당히 편해. 그런 쪽으로는."

박현이 자신에 대한 정보를 상당 보유하고 있다는 느낌이 강하게 들었다.

자신에 대해서는 언론에조차 공개하지 않았었다. 외부에서는 철저하게 그룹의 그림자를 지우고 살아왔었다.

그런 자신의 정체를 알아낸 것이다.

물론 자신의 정체를 알아내고자 한다면 못 알아낼 일이 없다지만, 그건 어디까지나 자신과 같은 물에 사는 이들이지 말단 형사와 같은 평범한 범인들은 아니었다.

"거기 자그만 노트 있지?"

한설린은 대시보드(Dashboard) 위에 놓인 검은 인조가

죽 커버로 된 싸구려 노트를 집어 들었다. 노트의 두께는
제본된 분량보다 두꺼웠다. 무언가 끼워져 있다는 소리.

차라라라

노트를 펼치자 장장마다 로또 용지가 스크랩되어 있었다.

"음?"

한설린은 이내 이질감을 느꼈고, 곧 이질감의 원인을 찾
을 수 있었다. 로또 용지에는 하나같이 똑같은 숫자가 적혀
있었다.

"설마……."

"맞아. 마지막 장에 있는 게 1등 당첨 용지야."

"이걸 사 모으셨다고요?"

"왜, 안 믿겨?"

"선배님이라면 믿어지세요?"

한설린이 운전하는 박현을 쳐다보며 물었다.

"아니."

"그러……, 네?"

"나라도 안 믿어지지."

박현은 한설린을 흘깃 쳐다보며 싱긋 웃음을 지었다.

한설린은 예상치 못한 박현의 대답과 능글맞은 웃음에
마치 사고 회로가 멈춘 것처럼 멍하니 그를 쳐다보며 눈만
껌뻑껌뻑였다.

똑똑.

문 기척 소리에 한설린은 읽고 있던 서류를 내려놓았다.

"아가씨, 접니다."

"들어오세요."

문이 열리고 안으로 들어온 이는 마흔 안팎의 사내였다. 말끔하게 빗은 머리에 구김 없는 정장과 투명한 유리를 보는 것처럼 맑은 안경을 쓰고 있었다. 그 모습 하나로 어떤 성격의 소유자인지 여실히 알 수 있을 정도였다.

"개인적인 일을 시켜서 죄송해요, 비서실장 아저씨."

"아닙니다."

비서실장 이규원은 자신보다 어린 나이임에도 한설린에게 깍듯하게 허리를 숙였다.

"어느새 어른이 되신 것 같아 마음 한 편으로 가슴이 시리지만 기쁘기도 합니다. 그리고 여기, 시키신 것입니다."

한성그룹 직계이자 대주주이면서도 한설린은 한성그룹과는 일정 선을 그어왔다. 일명 로얄 패밀리의 공주가 자신에 대한 자각이 부족했었다.

이규원 비서실장은 항상 그게 아쉬웠다.

그런데 한설린이 달라졌다.

무슨 연유인지 몰라도 분명 그녀는 달라졌다.

그녀는 항상 가문과 그룹에서 거리를 두려는 강박에서 자유롭지 못했다. 단단하기만 하던 그 껍질이 깨어지자 한껏 자유로워졌고, 자유로움은 특유의 위엄을 일깨웠다.

"그러게요. 전에는 목마도 태워주고 그러셨는데."

한설린의 입술에 씁쓸함과 다감함이 섞였다.

"예전처럼 태워드릴까요?"

"호호호, 아저씨의 농담도 오랜만에 듣네요."

그녀의 웃음에 이규원 비서실장은 날카로운 인상과 어울리지 않는 선한 웃음을 지었다.

"저는 이만 나가 보겠습니다."

"고마워요, 아저씨."

"그럼."

이규원 비서실장이 나가고 한설린은 푹신한 의자에 앉아 그가 주고 간 얇은 파일을 넘겼다.

가장 첫 장에는 사적인 공문 내용이 담겨 있었다.

그녀의 예상대로 3억 원에 대한 포상 내용이 제법 직원들 사이에 화제가 되고 있으며 지금 분위기로는 상당히 좋은 결과를 가져올 수 있을 거라는 예상이 담겨 있었다.

한설린에게 중요한 것은 이 보고가 아니었다.

빠르게 내용을 읽은 후 바로 뒷장으로 넘겼다.

그곳에 한 인물의 프로필이 담겨 있었다. 그리고 그 프로필을 읽은 또 한 사람. 한성그룹 한재규 회장이었다.

"그 아이가 알아보라고 했다고?"

"그렇습니다, 회장님."

이규원 비서실장이 그의 질문에 대답했다.

"참으로 이상한 놈이란 말이야."

한재규 회장은 또 다른 형식의 박현 프로필을 들었다.

"밑바닥 중에 밑바닥인 판자촌 출신에, 아비도 몰라, 애미는 낳다가 죽어. 조부모도 중학교 때 죽어. 그래서 중학교도 졸업하지 못하고……."

한재규는 프로필을 손가락으로 탁탁 두들겼다.

"직업도 형사, 그런데 순자산만 이백억이라."

"어제부로 이백오십 억으로 늘었습니다."

"음?"

한재규는 한설린과 같은 박현 프로필의 재산란을 보았다.

"로또?"

"예, 어제 1등 당첨금을 수령했다고 합니다."

한재규의 미간이 슬쩍 좁아졌다가 다시 펴졌다.

"뭔가 있어. 뭔가 있는데……."

그게 무엇인지 파악되지 않는다.

한성그룹의 정보로도 그림자조차 잡히지 않았다.

그나마 잡은 것은.

"그나마 알아낸 것은 M형이라는 것뿐인가?"

정확히는 알아냈다기보다 우연히 걸린 것이지만.

"이 실장."

"예, 회장님."

"비서실 한 팀을 온전히 붙여."

그 명에 이규원 비서실장의 낯이 찰나지만 어두워졌다.

"자칫 아가씨께서 아시게 될 수 있습니다."

"어쩔 수 없지. 어떤 부분에서는 린이보다도 이 녀석이 더 중요하니."

한재규 회장은 이규원 비서실장처럼 잠시 낯을 찡그렸지만 이내 무심하면서도 차가운 눈빛을 띠었다.

"어떤 신(神)의 피를 이었을까?"

한재규 회장은 프로필 우측 상단 박현의 사진을 바라보며 중얼거렸다.

*　　　*　　　*

일산 호수공원 정경이 훤히 트인 공영주차장.

"이거 이래도 되는 겁니까?"

한설린은 차 안에서 햄버거 포장지를 까며 물었다.

"뭐가 어때?"

박현은 이미 햄버거를 입에 물며 대답했다.

"이거 완전 직무유기 아닙니까?"

"맞아."

지금 박현과 한설린은 한적한 공원에 차를 대놓고 빈둥빈둥 시간을 보내는 중이었다. 점심시간쯤 출출해지자 박현은 귀찮다는 듯 휴대폰으로 햄버거를 배달시키는 만행을 저질러 버렸다. 지금이 바로 그 상황이었다.

한설린은 햄버거 포장지를 벗기다 말고 기가 찬 표정으로 박현을 쳐다보았다. 박현은 그런 한설린을 쳐다보며 빨대에 입을 가져가서 콜라를 쭉 빨아 마셨다.

"이러다 걸리면 문제 생기는 거 아닙니까?"

"별로."

한설린의 눈썹이 씰룩였다.

그의 대답은 언제나 그녀의 예상을 정반대로 벗어난다. 그렇다 보니 그녀답지 않게 표정 관리가 되지 않고 있었다.

"팀장님이나 과장님은 내가 이러고 있는 걸 알고 있을걸."

"네?"

"회사에서 가장 중요한 건?"

"……"

"실적이지. 안 그래?"

"백 퍼센트 맞다 할 수 없지만 동의합니다."

"그거야. 내가 이래도 되는 거."

박현은 자동차 앞 유리 너머로 잔디밭에서 유유자적 한가로움을 즐기는 사람들을 보며 햄버거를 우적우적 씹으며 입을 열었다.

"부럽다."

"뭐가 말입니까?"

"저기 저들. 전생에 무슨 복을 타고 나면 평일 저렇게 평화롭게 빈둥거릴 수 있을까?"

한설린은 황당하다는 눈으로 박현을 쳐다보았다.

"왜?"

"제가 보기에는 저들이나 선배님이나 별반 달라 보이지 않아 보입니다."

"나랑? 저들이랑?"

박현은 어처구니가 없다는 얼굴로 반문했다.

"네."

"다르지. 달라."

"뭐가 말입니까?"

"저들은 마음 편히 쉬는 거고 나는 눈치 보며 농땡이 치는 거고."

"하아—."

박현의 뻔뻔함. 그건 또 의외의 모습이었다.

뻔뻔함에 질렸다는 듯 한설린은 고개를 절레절레 저으며 햄버거를 입에 넣었다. 그래도 자신에게 어느 정도 마음을 연 듯하여 마냥 싫지만은 않았다.

"음?"

콜라를 입에 가져가던 박현이 콜라와 함께 침음을 삼켰다.

"어라?"

먼지처럼 가볍게 풀풀 날리던 목소리가 어느새 진중하게 바뀌었다. 한설린도 그 소리에 앞 유리 너머로 시선을 옮겼다.

"요놈, 봐라."

박현은 씨익 웃으며 반쯤 먹은 햄버거를 종이봉투에 다시 넣었다. 그리고 콜라 한 모금으로 목을 축인 뒤 차 문을 열고 밖으로 나갔다.

"소매치기야!"

동시에 한 여인의 목소리가 찢어졌다. 박현은 단걸음에 울타리를 뛰어넘어 공원으로 몸을 날렸다.

"비켜! 다가오면 죽여 버릴 거야!"

건장한 남성들이 다가서려는 기미가 보이자 소매치기는 품에서 칼을 꺼내 사방으로 휘둘렀다. 크지 않은 칼이기는 하지만 섬뜩한 칼날에 남성들은 주춤거렸다.

그 틈을 놓치지 않고 소매치기는 잠시 주춤거렸던 달음질로 뛰어나갔다.

"너무 여유를 부렸나?"

좀처럼 거리가 좁혀지지 않을 정도로 소매치기의 달리기 속도는 생각보다 빨랐다. 박현은 곁눈질로 뒤를 살폈다. 한설린은 힘에 부치는 듯 뒤쳐져 제법 거리 차이가 나고 있었다.

"어쩔 수 없지."

박현은 크게 날숨을 들이마시고는 강하게 땅을 박차며 속도를 높였다. 소매치기는 중단거리 선수가 아니었나 싶을 정도로 빨랐고, 지치는 기색 없이 속도를 유지하고 있었다. 어지간한 선수와 부딪혀도 지지 않을 자신이 있었던 박현으로는 은근히 자존심이 상했다. 강력팀 소속인 박현에게 있어 소매치기는 그다지 흥이 일지 않을 정도로 잡범이었다. 가벼운 마음에 잡으려 했건만 슬슬 오기가 끓어올랐다.

"이 새끼 죽었어."

박현은 숨을 몇 차례 빠르고 크게 들이마시고 내쉬었다. 그러자 기이하게도 지친 몸에 활력이 솟아났다.

소매치기는 호수 공원을 가로질러 번화가가 아닌 창고들이 즐비하게 지어진 곳으로 스며들었다. 인기척이 하나둘

씩 사라지자 소매치기는 걸음을 멈추고 뒤로 돌아섰다.

"너 뭔데 자꾸 따라와! 죽고 싶어! 엉?"

소매치기는 칼로 위협하며 소리를 질렀다.

"형사다, 이 시끼야."

박현은 하얀 이를 드러내며 히죽 웃음을 드러냈다. 소매치기는 움찔했지만 곧 겁에 질린 개가 시끄럽게 짖듯 으르렁거렸다.

"까라 그래!"

"까긴 뭘 까고 그러냐. 그냥 쉽게 가자. 응?"

박현은 소매를 걷으며 느릿한 걸음으로 소매치기를 향해 다가갔다.

쉭— 쉭— 쉭—

"오, 오지 마! 안 그러면 너 죽고 나 죽는 거……."

맹렬히 칼을 휘두르던 소매치기는 갑자기 머리를 세차게 흔들었다. 어지러움이 돈 걸까, 몇 걸음 휘청이더니 이내 바닥에 주저앉았다.

"으으으."

그리고 이내 고통에 찬 신음을 삼키며 박현을 향해 칼을 내밀었다.

"오지 마!"

발악에 찬 고함. 아니 그런 고함이었을까?

칼이 박현을 향한 듯하였지만 칼날은 아니었다. 박현을 향한 것은 칼이 아닌 칼을 손에 쥔 그의 손바닥이었다.

"오지 마! 죽고 싶지 않으면 오지 마!"

그는 왼손으로 머리를 움켜잡았고, 칼을 든 오른손을 마구 흔들었다.

"너 뭐야?"

박현은 갑작스러운 그의 모습에 인상을 찌푸리며 한 걸음 다가섰다.

"노, 농담 아니야! 도망쳐! 사, 살고 싶……으면 도망쳐! 어서!"

"뭐라는 거야?"

어딘가 문제가 생긴 듯 보이지만 만에 하나 모르는 일이다. 연기일 수도 있고 아니면 정말 정신분열증을 가지고 있어서 또 다른 인격이 튀어나와 칼을 휘두를지도 모르기에 박현은 긴장을 풀지 않고 조심스럽게 한 걸음 다가섰다.

박현이 걸음을 멈추지 않자 사내는 벌겋게 달아오른 눈으로 짧게 일견하더니 자리에서 벌떡 일어났다. 그리고는 마구 달려 나가기 시작했다.

"에이, 씨!"

박현은 나지막하게 욕을 내뱉으며 그를 따라 달려 나갔다.

'연기였던가?'

일말의 의구심을 놓지 않고 있던 박현의 눈에 몸에 이상이 있는 듯 비틀거리며 달려가려는 소매치기의 모습이 들어찼다.

'연기가 아니었나?'

아차하는 순간 고꾸라질 것같이 위태위태했지만 그런 것치고는 속도가 매우 빨랐다.

'……!'

제법 빠르다 느낀 순간 소매치기는 조금 전과는 비교할 수 없을 정도로 빠르게 달려 나가고 있었다.

좀처럼 이해가 되지 않았지만 그렇다고 범인을 놓칠 수 없었기에 있는 힘껏 그를 따라붙었다.

'뭐, 뭐야?'

빠르지만 여전히 비틀거린다.

비틀거리는 것도 모자라 달리면서 벽에 이리 쿵 저리 쿵 부딪히고 있었다. 그런데 따라잡기는커녕 오히려 둘 사이의 거리는 점점 멀어지고 있었다.

'이, 인간이 저렇게 달릴 수 있는 거야?'

박현의 입이 쩍 벌어졌다.

소매치기는 한 걸음에 2~3m씩 쭉쭉 날아가고 있었기 때문이었다. 그렇기에 이리 처박히고 저리 처박혀도 빠르게 도망칠 수 있었던 것이었다.

"쓰벌!"

얼마 전에도 이해할 수 없는 일이 벌어지더니 지금도 그랬다. 뭐가 뭔지 모르겠지만.

'잡아보면 알게 되겠지. 이 이상함들을.'

박현은 이를 악물고 악착같이 그의 뒤를 쫓았다.

그의 흐릿한 자취를 따라 골목길로 들어섰다.

막다른 골목. 벽을 잡고 온몸을 부르르 떠는 소매치기의 뒷모습이 눈에 들어왔다.

"헉헉헉. 겨우 잡았네."

얼마 만에 이렇게 거친 숨을 내쉬고 있는지 몰랐다. 평소 거친 숨 따위는 서너 번 호흡으로 가라앉힐 수 있었지만 지금은 아니었다. 다리가 미세하게나마 후들거릴 정도로 전력 이상으로 뒤쫓아 왔었다.

"……왜 쫓아왔어!"

소매치기는 쇳가루가 씹히는 듯한 거칠고 갈라진 목소리를 내며 바닥에 무릎을 꿇었다. 여전히 몸을 부들부들 떨고 있었다.

"헉헉, 에고고고. 죽겠네. 잊은 모양인데. ……나 형사야."

박현은 떨리는 무릎에 힘을 주고 허리를 쭉 폈다.

"이렇게 힘들게 한 건 네가 처음이야."

히죽 웃었다.

"너 지, 진짜 죽어! 그러니까, 제발 가줘! 제발……."

소매치기는 울음 섞인 목소리로 애원했다.

"새끼 뻥치기는."

"진짜 죽어야."

소매치기의 목소리가 아니었다.

"……!"

낯선 목소리. 그것도 들려온 방향은 뒤가 아닌 위.

박현은 눈매를 가늘게 만들며 시선을 위로 올렸다. 높다란 창고 담벼락 위에 한 사내가 쭈그려 앉아 있었다. 마치 씨름 선수나 조폭을 연상케 할 정도로 퉁퉁한 몸을 가지고 있었다.

"누구지?"

"형사라고야?"

"누구냐 물었다."

낯선 사내의 반문에 박현의 목소리가 차갑게 가라앉았다.

"나? 웃차!"

퉁퉁한 사내는 덩치와 어울리지 않게 날렵한 몸짓으로 바닥에 내려섰다. 키는 대충 170cm 언저리에 배는 항아리처럼 볼록했다. 그렇다고 그냥 살이 찐 거구는 아니었다.

몸 전체가 전반적으로 탄탄해 보였다.

"잘나신 형사분 목숨을 구재해 줄 은인이어야."

스포츠머리 사내는 엄지손가락으로 자신을 가리키며 순박한 웃음을 지어 보였다.

"같은 패거리가 아니었나?"

"나? 아니어야."

손을 좌우로 젓던 부정의 손짓이 이내 앞뒤로 흔들리며 축객령으로 바뀌었다.

"그만 가 봐야. 더 지체하면 곤란해야."

박현은 몸을 돌리던 스포츠머리 사내의 어깨를 억세게 움켜잡았다.

"머리에 든 게 없나 본데, 공권력 침해야."

"머리에 든 게 없는 게 아니라 말이 많은 거야. 그 녀석은 원래 말이 많거든."

박현은 눈을 부라리며 목소리가 들려온 뒤로 고개를 획 돌렸다. 무겁지도 않고 가볍지도 않은 다크 그레이 정장에, 하늘색 셔츠, 백금발로 한껏 멋을 낸, 스물 중후반의 사내가 골목길 초입 담에 기대어 서 있었다.

"조 박수?"

"야, 허여멀건 도깨비[1]. 내가 그렇게 부르지 말라고 그랬어? 안 그랬어?"

조 박수, 조완희는 스포츠머리의 사내 앞으로 바싹 다가서며 얼굴을 들이밀었다. 그리고 으르렁거렸다.

"천년의 언약이 없었다면 너 내 손에 아작 났어."

"그건 내가 할 말이어야. 그리고 내 이름은 서기원이어야."

"그렇게 불러지고 싶으면 예의부터 차려라."

"흠—."

스포츠머리의 사내, 서기원은 묵직한 침음을 삼키더니 이내 미안한 표정을 지었다.

"미안해야."

"휴우—."

그의 사과에 조완희는 한숨을 푹 내쉬었다.

"너 진짜 머리가 나쁘지?"

"안 나빠야."

"나빠!"

조완희는 목에 핏대를 세우며 소리쳤다.

"지금 이 대화가 다섯 번째야! 무려 다섯 번째! 세상에 돌대가리도 이만하면 기억하겠다."

"⋯⋯미안해야. 꼭 기억해야!"

"그것도 다섯 번째야!"

"그⋯⋯."

서기원은 무안한 듯 짧은 머리를 벅벅 긁었다.

"됐어. 내가 너한테 무얼 바라겠냐. 아씨, 그리고 그 말투 어떻게 안 되겠냐?"

"하하하하."

멋쩍은 웃음에 조완희는 체념하며 고개를 돌려 박현을 쳐다보았다.

"아저씨."

"넌 또 뭐야?"

"잊읍시다."

"……?"

"세상엔 알아야 할 것보다 몰라야 할 것이 더 많아요. 아시겠죠?"

"이 새끼들이 장난치나!"

박현의 이마에 핏줄이 섰다.

"뭐라 생각하든 어차피 상관없으려나?"

조완희는 허리에 두른 가죽 포켓에서 누런 종이, 부적 한 장을 꺼내들었다.

"옛말에 비인부견(非人不見)이라고 했어요."

"비인부전 아니어야?"

"시끄러워."

조완희는 서기원의 참견에 퉁명스럽게 대답하며 박현을 향해 부적을 날렸다.

"이 새끼들이 정말……, 음?"

부적이 생각보다 묵직하게 날아오자 박현은 허리를 틀어

부적을 피했다.

팟—

그러나 부적은 마치 살아 움직이는 나비처럼 나팔거리며
방향을 틀어 박현의 입에 탈싹 붙었다.

"북망산 이름 없는 노파의 감로주[2] 한 잔 드시고 모든 것
을 잊게나."

화르륵—

부적은 한순간 불에 타오르더니 신비로운 푸른빛이 박현
의 목으로 스며들었다.

털썩!

그러자 박현은 실 끊긴 꼭두각시처럼 픽 쓰러졌다.

"자, 그럼."

조완희는 장난기 가득한 눈으로 손을 비비며 서기원을
쳐다보았다.

"누가 할까? 저 망할 새타니[3]에 잡아먹힌 영혼을 편하게
해 주는 것을."

"내가 해야!"

"크르르르르."

서기원은 짐승의 울음을 토해내는 소매치기를 향해 묵직
한 걸음을 내디뎠다.

*용어

1) 도깨비: 정령 혹은 정괴. 낙천적인 성격으로 힘이 장사며, 메밀묵, 막걸리, 이야기, 노래, 씨름, 사람들과 장난을 좋아한다. 또한 키가 크고 잘 생겼으나 아둔한 편이며 시간이 지나면 이내 얼굴을 잊어버리게 만든다. 설화에서 간혹 뿔을 가진 형상으로도 묘사되는데 보통은 일반적으로 사람의 모습과 별반 다름없게 표현된다. 흔히 알고 있는 뿔을 가진 도깨비로는 두억시니나 독각귀, 일본 도깨비의 일종인 오니가 대표적이다.

2) 감로주: 사람이 죽으면 저승사자와 함께 명계의 산, 북망산에 오르는데 산꼭대기에 주막이 하나 있다. 주모는 노파로 감로주를 파는데, 그걸 마시면 이승의 기억을 모두 잊는다.

3) 새타니: 태자귀의 일종으로 어머니로부터 버림을 받고 굶어 죽어서 생성된 아기 귀신.

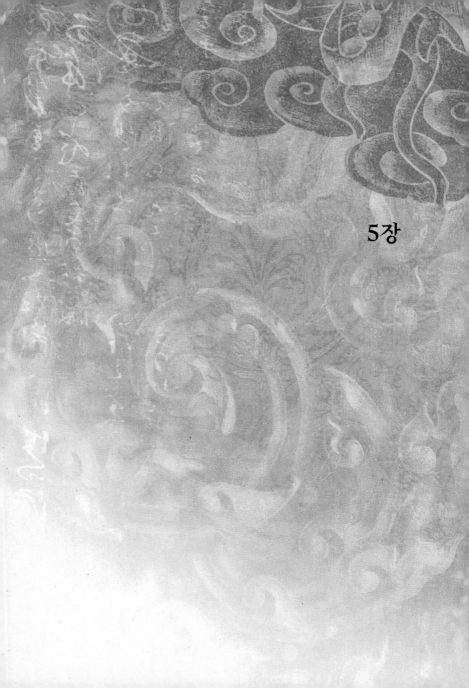

5장

"아저씨는 운이 좋은 줄 알아야."

서기원은 목을 두둑두둑 꺾으며 주머니에서 70~80cm 남짓한 쇠방망이를 꺼내들었다.

"저승에게 걸렸으면 혼도 못 추스르고 염라대왕 앞에 끌려가야."

"야이, 멍청한 도깨비야! 귀신 쓰인 사람한테 말한다고 알아듣기는 하겠냐?"

"아! 맞아야! 하하하하."

조완희의 버럭에 서기원은 깨달음을 통한 시원한 웃음을 터트렸다. 사람 좋은 웃음에 어울리지 않게 서기원은 흉포한 눈으로 새타니에게 잡아먹힌 소매치기를 노려보았다.

"크으으으으!"

소매치기는 비틀거리며 몸을 일으켰다.

왜소한 축에 드는 소매치는 해골이 상접할 정도로 바싹 말라 있었다. 뿐만 아니라 피부도 푸석푸석하고 몸을 움직일 때마다 머리카락이 한 줌씩 풀풀 흩날렸다.

"왜! 왜! 방해를 하는⋯⋯그르르 ⋯⋯거야!

소매치기의 목소리는 사람의 것이 아니었다.

"조금만, 조금만 있으면⋯⋯."

분을 이기지 못한 듯 몸을 웅크리며 바르르 떨었다.

"이 몸을 차지할 수 있었는데! 왜 방해를 하는 거야!"

소매치기의 몸이 더욱 웅크려졌다.

그 모습에 서기원은 오른 발을 뒤로 슬쩍 밀어내며 몸을 굳건히 세웠다.

쾅!

마치 폭탄이라도 떨어진 것처럼 폭음과 함께 소매치기는 단숨에 서기원을 덮쳤다.

쑤아아아아악—

소매치기는 짐승의 발처럼 휘두르는 손을 휘둘렀다. 손가락 끝이 검게 물들어 있었고 그보다 더 검게 짙은 날카로운 손톱이 서기원의 목을 노렸다.

"얼쑤!"

서기원은 마치 탈춤을 추듯,

"으허!"

여유로운 기합과 함께 땅바닥을 미끄러지듯 소매치기 옆으로 파고들었다.

"웃차!"

서기원은 조금은 더 기운찬 기합을 내지르며 쇠방망이를 휘둘렀다.

부우우웅—

홍두깨는 소매치기의 가슴을 그대로 후려쳤다.

퍽!

묵직한 파음이 소매치기의 가슴에서 터졌다.

분명히 서기원의 쇠방망이가 소매치기의 가슴을 후려쳤고, 묵직한 타음이 터졌건만 소매치기의 몸은 여전히 앞으로 달려 나가고 있었다.

마치 허상을 쳤거나 허상으로 친 것처럼.

그러나.

펑— 콰앙!

쇠방망이에 충격을 받고 날아가 담벼락에 부딪힌 것이 있었다.

또 하나의 존재.

소매치기를 집어삼킨 靈(령), 악귀 새타니였다.

검은 헛불이 일렁이는 새타니는 키는 140cm는 될까 싶을 정도로 작았고, 몸은 왜소함을 넘어 마치 해골이 가죽을 뒤집고 있는 게 아닐까 싶을 정도로 깡말라 있었다.

"왜 막는 거야! 왜 막는 건데!"

소매치기의 몸에서 튕겨 나온 새타니의 목소리는 앳되었다.

"왜 너를 막는지 몰라야?"

"그저 입을 통해서 맛있는 음식이 먹고 싶었을 뿐이야.

그게 무슨 큰 잘못이라고!"

새타니의 울음은 거센 바람을 만들어냈다. 그 바람은 서기원의 옷자락과 머리카락을 휘저었다.

"쯧쯧, 불쌍한 혼백이었어야."

갓 태어난 악혼.

버림받고 굶어죽은 지 채 5년이 넘지 않았으리라.

"단 한 끼, 단 한 끼만이라도 먹고 싶었을 뿐이라고!"

새타니는 조금 전과는 비교할 수 없을 정도로 표홀하고 음한하게 서기원에게 달려들었다.

"불쌍한 아이야."

서기원은 큼지막한 몸집이 어울리지 않게 가볍게 몸을 날려 새타니의 머리를 내려쳤다.

쿵!

새타니는 충격에 바닥에 내려꽂혔다.

"한 끼가 두 끼가 되고, 세 끼가 되어 영원히 저 몸을 차지하고 싶어졌을 거야. 그렇게 식탐을 탐하게 되면 언젠가 너는 아귀(餓鬼)¹⁾가 돼야."

"아니야!"

새타니는 발악하듯 강하게 부정했다.

"맞아야."

"아니야!"

"맞아야!"

"네가 뭔데 나를 평가해?"

"슬프지만 너 같은 애들을 많이 봤어야."

서기원은 애석한 눈으로 새타니를 쳐다보았다.

"처음이지야?"

"⋯⋯."

"구천을 떠 돈 죄야 어쩔 수 없다지만야, 큰 죄를 짓지 않았으니까 인자하신 염라대왕께서 참작해 줄 거야. 그러니 가야."

"아~ 진짜 말 많네. 시간 끌면 사람들 몰려오는 거 몰라?"

조완희가 서기원의 말을 싹뚝 자르며 끼어들었다.

"강림차사²⁾의 오랏줄의 힘으로 그대의 영을 속박하리!"

부적 한 장이 불타올라 붉은 밧줄로 변하더니 새타니의 몸을 꽁꽁 감쌌다.

"으아아아아! 놔 줘! 놔 줘!"

벗어나기 위해 몸부림치는 새타니 앞에 조완희가 차가운 얼굴로 섰다.

"참회하거라."

조완희는 팔찌를 곡도로 변화시켜 새타니의 영백(靈魄)을 가차 없이 베어버렸다.

"꺄아아아아아아악!"

새타니는 귀곡성을 사방으로 흩뿌리며 한 줌의 연기가 되어 사라졌다.

"너 지금 뭐하는 짓이야!"

서기원이 조완희의 몸을 뒤로 돌린 뒤 멱살을 움켜잡았다.

"놔!"

조완희는 차가운 눈으로 우악스러운 서기원의 눈빛에 맞섰다.

"왜 그랬어야?"

"뭘?"

"왜 소멸시켰어야!"

"지랄을 한다, 지랄을."

조완희는 거칠게 멱살을 풀며 미간을 찌푸렸다.

"나 화나야."

"이 벌어먹을 도깨비야! 너 생각이라는 것을 하기는 하냐?"

"나도 생각이라는 것을 해야."

"아~ 그러셔?"

조완희는 비아냥대듯 말꼬리를 쭉 늘어트렸다.

"저 애 새끼. 불쌍하지? 그래서 그런 거지?"

"그래야."

"그렇다고 저승 보낼래? 염라대왕 앞에 앉혀?"

"큰 잘못도 안 했으니……."

서기원의 목소리가 슬슬 작아져갔다.

"저승의 눈길을 피해 구천 떠도는 것도 모자라, 악귀로 변해. 무고한 사람 몸 차지해. 형이 얼마나 떨어지겠냐?"

"그래도 염라대왕께서는 인자하시니……."

"얼씨구."

그 말에 조완희는 콧방귀를 뀌었다.

"인자는 개뿔. 정이라고는 눈곱만큼 없는 칼 같은 분에게, 인자는 무슨."

조완희는 언월도를 백팩에 넣으며 말을 이어갔다.

"지옥불에서 억겁의 시간을 보내느니 소멸하는 게 나아."

"네 말이 맞는 거 같다야."

"같은 게 아니라 맞아! 이 화상아."

서기원의 순박한 표정에 조완희는 한숨을 푹 내쉬었다.

"어쩌자고 봉황회에서는 너같……."

조완희는 서기원의 눈치를 슬쩍 보며 말꼬리를 돌렸다.

"너를 암행[3]으로 임명했다냐. 모를 일이다, 모를 일이야."

조완희는 고개를 절레절레 저으며 여전히 정신을 차리지 못하고 있는 소매치기와 박현에게로 다가가 쪼그려 앉았다.

"보자— 보오자."

조완희는 마치 자신의 품을 뒤지듯 박현의 허리춤을 뒤져 수갑을 꺼냈다. 그리고는 소매치기와 박현의 손목에 수갑을 채웠다.

"뭐 정신 차리면 알아서 처리하겠지."

조완희는 손바닥을 탁탁 치며 자리에서 일어났다.

"안 가?"

"가야. 다음에 또 봐야."

"그려. 다음에는 보지 말자고."

조완희의 신형은 섬전처럼 담벼락을 타고 사라졌다. 사라지는 그 뒷모습을 보던 서기원은 소매치기와 박현을 내려다보았다.

"꿀꿀한디, 막걸리나 한 사발 마시러 가야긋다. 메밀묵

먹고 싶은데. 쩝쩝."

한참을 물끄러미 바라보던 서기원은 고개를 털며 그 자리에서 사라졌다.

10분 쯤 시간이 흘렀을 쯤.

박현은 눈을 떴다.

그의 눈동자는 혼란스러움을 담고 있었다.

기이한 부적술.

요상한 기운이 눈을 통해 머리를 잠식해 들어갔다. 그 기운에 삼켜져 정신을 잃으려는 그때 불같이 뜨거운 기운이 부적의 기운을 몰아냈다. 느낌뿐이지만 확실하다.

왠지 일어나서는 안 될 듯한 느낌에 박현은 쓰러진 채 조용히 실눈을 떴다.

그리고 펼쳐진, 믿기 어려운 광경.

인간의 몸에서 아이의 몸이 튀어나오고, 그 아이가 연기가 되어 사라졌다.

'살인일까?'

과연 그걸 살인이라고 할 수 있을까?

아니 살인이라고 치자.

하늘을 날아다니는 저들을 잡을 수 있을까?

조순영.

애써 잊었던 일이 떠올랐다.

'나는……'

그리고 그때의 자신.

"선배님."

혼란스러운 상념에 한설린의 뾰족한 목소리가 끼어들었다.

헝클어진 머리.

흐트러진 옷맵시.

거친 숨.

그녀의 등장이 왠지 꿈에서 깨어나 현실로 돌아온 듯 느끼게 만들었다.

"잡으셨네요."

"뭐."

박현은 미간에 주름을 만들며 자리에서 일어났다.

＊　　　＊　　　＊

"네?"

운전대를 잡은 한설린이 놀란 눈으로 반문했다.

"네가 잡은 걸로 해서 처리해."

탁!

박현은 차에 타지 않고 차문을 닫았다.

그러자 한설린이 얼른 조수석 창문을 내렸다.

"그래도……."

"사수의 명이야. 그리고 차는 서 주차장에 주차해 놓고."

"같이 안 가십니까?"

탕탕.

"가 봐. 볼 일 있어. 그리고 바로 퇴근할 거야."

박현은 차 지붕을 두들긴 후 몸을 돌렸다.

박현은 한껏 굳은 표정으로 자신의 손을 내려다보았다.

이내 꾹 말아 쥐었다.

* * *

"그분은?"

"기다리고 계십니다."

일성파 두목 양두희의 물음에 양 마담이 가장 깊숙한 VIP방으로 그를 안내했다.

"늦어서 죄송합니다."

"아니야. 갑자기 불러낸 이쪽이 미안하지."

먼저 가볍게 한잔하고 있던 박현이 양두희에게 자리를 권했다.

"의외인가?"

박현은 어리둥절한 표정을 짓고 있는 양두희를 보며 피식 웃음을 삼켰다.

"잘 마시겠습니다."

양두희는 박현이 따라주는 술을 공손히 받았다.

"좀처럼 찾지 않으시는데 저를 부르신 이유가 있으신지요?"

양두희는 고개를 돌려 목만 축인 후 조심스럽게 입을 뗐다.

"양 회장."

"예."

"양 회장이 보기에 나는 어떤 사람인가?"

뜬금없는 질문에 양두희는 눈을 몇 번 깜빡였다.

"예?"

양두희의 반문.

"좀 이상하지 않나?"

박현은 술잔을 들어 위스크를 가볍게 흔들어 한 모금 마셨다.

"피도 안 마른 16살에 얼굴 없는 해결사로 일하고."

"그때는 대단했습니다. 단 한 번의 실패도 없으셨으니 말입니다."

"그랬었지. 그때 양 회장이 참으로 많은 일거리를 줬었지."

"그랬었습니다."

양두희도 회상에 잠긴 듯 위스키가 담긴 술잔을 내려다보았다.

"그리고 양 회장, 그대가 찾아왔었지."

"그때는 비참하다 여겼지만 돌이켜보면 제 인생의 최고의 선택이었습니다."

"그런가?"

박현은 술잔을 비우고 소파에 기대 화려한 조명을 올려다보았다.

"그렇습니다."

"뭐 그렇다면 그런 거지. 덕분에 나도 물질적으로 편해진 부분도 없지는 않고."

박현은 그 말을 끝으로 한참이나 침묵을 지켰다.

"양 회장."

"예."

침묵 속에 흘러나온 목소리.

"그대가 보기에 나는 어떤 사람인가?"

다시금 나온 질문.

"사실 그렇잖아. 칼이 난무하는 이 바닥에서 어린 나이에 해결사로 활동하고, 양 회장이 목숨을 걸고 조직을 세울

때 기억나나?"

"기억납니다. 이 회장님 은퇴시킬 때 솔직히 저는 제 팔다리 하나쯤 잃고 은퇴하는 줄 알았습니다."

"나도 그랬지. 40대 1이라니."

"40명보다 조금 더 많지 않았습니까?"

"두셋 더 붙는다고 뭐가 달라지나?"

박현의 말에 양두희는 희미한 미소를 지었다.

"어쨌든 그대가 보기에 나는 어떤가? 사람처럼 보이는가?"

이것이 진정한 본론.

"흠."

양두희는 미소를 지우고는 묵직한 신음과 함께 반쯤 찬 위스키를 단숨에 비웠다.

탁.

빈 유리잔이 탁자에 내려놓고도 그는 한동안 입을 열지 않았다.

"거창한 지위는 아니지만 그래도 자리는 자리라고 이 자리에 앉으니 가려진 것들에 대해 듣게 됩니다."

가려진 것들.

박현의 눈동자가 꿈틀거렸고, 동시에 눈이 감겼다.

"정확한 바는 아닙니다."

"……."

"겉보기에는 화려하고 그럴듯해 보이지만 사실 이 세계는 가장 밑바닥이죠. 그렇기에 이런 저런 풍문이 흘러들어 오는 곳이기도 합니다. 은퇴하신 이 회장께서 제게 충고를 하나 남기셨습니다."

"이 회장이라. 하긴 그날 그대가 이 회장과 마지막으로 독대를 했었지."

"……."

양두희는 술병을 들어 자신의 잔을 채웠다.

"죽이고 싶을 정도로 미워도 이 바닥 룰은 지키셨습니다. 그 룰에 대해 몇 가지 말씀을 남기셨습니다."

양두희는 술잔을 반쯤 비웠다.

"주먹을 믿지 마라. 우리가 살아가는 이 땅에 인간을 벗어난 자들이 존재한다. 그들을 만나면 백 번이면 백 번 양보하라, 그들이 원하는 것이 있으면 무엇이든 주라, 입고 있던 팬티마저 원한다면 기꺼이 벗어 주라. 그리하면 최소한 죽음만은 면하리라."

'인간을 벗어난 자들이라.'

박현은 입술을 지그시 깨물었다.

"그 말을 듣는 순간, 저는 암호(暗虎) 님을 떠올렸습니다."

암호.

어둠 속의 호랑이.

과거로부터 이어져온 박현의 또 다른 이름이었다.

"나를 떠올렸다?"

"네."

양두희는 옷매무새를 다시 잡으며 자세를 반듯하게 잡았
다.

"……감히 여쭤 봐도 되겠습니까?"

"내가 인간의 범주를 벗어난 자인가를?"

"예."

"나도 모르겠어."

박현은 술잔을 들었다.

"그래서 알아보려고."

양두희는 그 말에 무언가가 있다는 것을 느꼈지만 더 이
상 그 사안에 대해서 묻지 않았다.

짧은 침묵이 흐르고.

"외람된 말씀이지만 조만간 연락을 드리려 했습니다."

화제가 바뀌었다.

"말해."

"요즘 이상한 일이 있습니다."

"이상한 일?"

"가게에서 일하는 여자 몇이 사라졌습니다."

박현의 눈가가 찌푸려졌다.

"암호 님이 생각하시는 그런 일은 없습니다. 제가 어찌 암호 님의 누이를 잊겠습니까? 저는 지금을 더 즐기다가 온전하게 은퇴하고, 늙어서 죽고 싶습니다."

양두희는 희미한 미소를 지었다.

"그 마음을 은퇴하는 순간까지 잊지 마."

훈훈하게 말할 수도 있었지만 박현의 목소리는 여전히 차가웠다.

"뼛속까지 새기겠습니다."

양두희도 당연하다는 듯 고개를 숙여 순응하는 모습을 보였다.

"실종이라."

"이상한 것은 그 모두가 고아 출신 혹은 가족들과 연이 끊긴 아이들입니다."

"흠."

"혹시나 서울이나 인근 수도권 쪽에서 애들을 빼돌리는 게 아닌가 싶어 확인해 보았습니다."

"아니었군."

"아닌 게 아니라 그쪽에서도 아이 몇이 말도 없이 사라져 우리 쪽을 의심하고 있었습니다."

"흠."

"솔직히 스카웃 제의가 들어올 정도의 아이들은 아니었습니다."

"인신매매인가?"

"솔직히 인신매매보다 통나무 장사 쪽이 아닐까 의심은 해 보고 있습니다."

통나무 장사.

장기 매매를 일컫는 은어였다.

"통나무?"

박현의 눈빛이 서늘해졌다.

"내가 씨를 말린 지 얼마나 되었지?"

"3년이 조금 안 되는 듯싶습니다."

다시 일산에는 발을 딛지 못하게 잔인하게 피를 뿌리며 인간 말종들을 말살시켰었다.

"외부에서 흘러들어온 게 아닌가 싶습니다."

"훗."

조소가 비어져 나왔다.

인간은 망각의 동물인가 보다.

"증거는?"

"못 보던 놈들이 눈에 띈다는 말들이 있었습니다. 꽤나 피비린내를 풍겨대는 거친 녀석들이라는데 이상하게도 사고는 치지 않는답니다. 몇 차례 충돌이 있었지만 그냥 물러났다고·했습니다."

"피비린내에 이상하리만큼 조용하다."

박현은 턱을 쓰다듬으며 침음을 흘렸다.

"은거지는 아나?"

"온전히 파악하지는 못했지만, 백석 창고부지 쪽에서 종종 보인다고 합니다. 그쪽으로 의심이 가고는 있습니다."

"내가 처리하지."

그 말을 끝으로 장시간의 침묵.

더 이상의 대화가 없다는 의미였다.

"더 이상 할 말이 없으시다면 먼저 일어나겠습니다."

양두희는 자리에서 일어났다.

"양 회장."

"예."

"그대가 말했던 그들."

"……."

"사소한 것이라도 듣게 되면 바로 알려줘."

"알겠습니다."

양두희는 허리 숙여 인사를 한 후 룸을 나갔다.

박현은 소파 등받이에 몸을 기대며 눈을 감았다. 그리고 얼마의 시간이 흘렀을까.

피식.

실없는 웃음이 흘러나왔다.

자신이 어떻게 할 수 있는 일은 없었기 때문이었다.

'또 다른 세상, 이면인가?'

다른 누군가가 이야기했다면 우스갯소리로 여겼겠지만,
지금은 아니었다.

'이면, 이면이라…….'

그들은 다른 용어로 자신들의 세상을 부르는 말이 있으
리라.

어찌되었든.

'어떻게 해야 하나?'

좋든 싫든 그 세계를 보고 말았다.

지금처럼 조용히 살아갈 것인지, 아니면 적극적으로 찾
아볼 것인지.

선택의 기로에 선 것이다.

'어떻게 해야 하나?'

끊임없는 자문(自問).

그러나 돌아오는 답은 없었다.

'찾는다고 찾아지기는 할까?'

어차피 자신이 할 수 있는 일은 다 했다.

탁!

술잔을 단숨에 비운 박현은 자리에서 일어났다.

그들과의 인연은 자신이 어찌할 수 없는 일이다.

평생 접점 없이 살아갈 수도 있고, 느닷없이 조우할 수도
있다.

'일단 그 녀석들부터 조져볼까.'

박현의 입가에 잔인한 웃음이 피어났다.

'감히 내 나와바리에서 통나무 장사를 한다 이거지?'

그의 몸에서 향 없는 피비린내가 자욱하게 퍼졌다.

＊　　＊　　＊

그림자조차 드러나지 않을 정도로 칠흑 같은 어두운 밤.

마치 거대한 도미노들을 나열한 것처럼 창고들이 줄지어
세워져 있었다. 외곽에 위치한 창고 지붕 위에 달빛에 가려
진 한 인형이 조용히 모습을 드러냈다.

온몸을 검게 칠한 듯 모자도, 상의도, 바지도, 신발마저
검었다.

깊게 눌러쓴 모자 아래로 검게 칠한 호랑이 가면이 언뜻
드러났다.

사나운 호랑이 가면.

어둠 속 검은 호랑이를 만나면 도망가라.

살고 싶다면.

일산을 지배하는 어둠의 포식자, 암호의 얼굴이자 표식이었다.

박현은 하늘을 잠시 올려다보았다.

달빛이 짙은 구름에 가려진 밤하늘.

듬성듬성 서 있는 가로등은 어두운 밤을 밝히지 못하고 있었다. 창고지구는 말 그대로 어둠 속에 묻혀 있었다.

'좋은 밤이야.'

박현의 동공은 고양이의 것처럼 커다랗게 변했고, 어둠 속에서도 홀로 빛나고 있었다.

인간이라면 빛 한 점 없는 어둠 속에서 사물을 볼 수 없다.

그러나 박현은 달랐다.

야시경을 쓴 것처럼 박현은 아무리 어두운 밤이라도 주변과 사물을 보는 데 아무런 문제가 없었다. 그렇기에 박현은 달빛이 가득한 밤보다 구름에 가려진 어둑한 밤을 더 좋아했다.

어둠은 누구보다 자신의 편이었으니까.

'나는 무엇이지?'

박현은 창고 지붕에 누워 어둑한 밤하늘을 올려다보고 있었다.

전에는 무심코 넘겼을 모든 것들이 달라졌다.

이상하리만큼 뛰어난 기억력이라든가, 강한 회복력, 설

명이 되지 않는 밤눈, 그리고 범인들을 뛰어넘는 신체 능력
까지.

  "니가 내 손자라서 하는 이야기가 아이고, 특별한
  아이인기라. 니는 특별한 아이인기라."

돌아가신 할아버지가 술에 취하시면 그를 잡아두고 늘
하시던 말씀이 불현듯 떠올랐다.
그리고 할아버지의 눈빛.
무언가 알고 있는 눈빛이었다.
그러나 그게 다였다.
더 이상 감추고 있는 것을 입 밖으로 내시지는 않으셨다.
아무리 만취를 하시더라도, 죽음을 눈앞에 두시고도 끝끝
내 하지 않으셨다.
이럴 줄 알았으면 좀 더 악착같이 물어볼 것을.
'답답하군.'
박현은 고개를 털며 깊은 침음을 삼켰다.
잡생각을 털어내려고 오랜만에 가면을 썼건만, 어둠 속
에서 홀로 보내는 시간이 많아져서인지 오히려 잡생각이
더 강해졌다.
부우우웅—

저 멀리 창고 지구로 들어서는 초입 쪽에서 자동차 소리가 들려왔다. 남들보다 뛰어난 청각에 박현은 자동차 불빛조차 보이지 않는 곳으로 고개를 돌렸다.

'오늘이면 끝이 나겠군.'

장장 삼 일이 걸렸다.

저 녀석들의 은거지를 찾기 위한 시간이.

잠시 후, 어디서나 흔하게 볼 수 있는 은색 승합차가 옆동 창고로 부지로 들어섰다.

'옆이었나?'

박현은 조용히 자리에서 일어나 옆 동 창고 지붕으로 몸을 날렸다.

툭—

마치 고양이처럼 은밀하게 착지한 박현은 지붕에 엎드리며 귀를 가져갔다.

끼이익—

승합차가 창고에 들어간 뒤,

쿵!

커다란 문이 굳게 닫혔다.

"왔냐?"

온몸에 문신이 가득한 거구의 사내가 승합차 앞으로 다

가왔다.

드르륵—

세 명의 사내가 승합차에서 내렸다.

"두령은?"

"기다리고 계시지."

문신 사내는 고개를 옆으로 틀어 승합차 안을 쳐다보았다.

"근수는 좀 되냐?"

"빼빼 마른 술집 년들이 뭐 다 그렇지 뭐."

붉은 까까머리 사내가 대답하자,

"휴우—."

문신 사내는 한숨을 내쉬었다.

"뭐 이래 살기가 팍팍해졌냐? 옛날 같았으면 쳐다도 안 봤을 년들을. 뭔 놈의 CCTV라든가, 젯 같은 것들이……."

"나도 음기 충만한 처녀를 언제 맛본 건지 기억조차 안 난다."

붉은 까까머리 옆에 서 있던 빼빼 마르고 얼굴 가득 피어싱을 한 사내가 침울하게 한숨을 덧붙였다.

"우리 이래서 언제 등선(登仙)하냐? 아니 등선이나 할 수 있겠냐?"

"시끄럽다. 두령의 등선이 우선이다."

운전석에서 내린 붉은 털북숭이 사내가 나직하게 꾸짖었

다.

"그래도 오늘은 두 년이니 오랜만에 포식을 좀 할 거다."

"오—, 한 년 더 있어?"

문신 사내는 언제 침울했냐는 듯 헤벌쭉 웃으며 승합차 안으로 들어갔다. 승합차 뒤에는 짙은 화장과 야한 옷차림의 여인 두 명이 정신을 잃고 너부러져 있었다.

"웃차!"

문신 사내는 단숨에 여인 한 명을 어깨에 짊어지고 승합차에서 나왔다.

"뭐해? 두령 기다리신다."

"키키, 네놈 배고픈 건 아니고? 뭐해? 빨리빨리 움직이지 않고."

붉은 털북숭이 사내의 나직한 호통에 피어싱 빼빼 마른 사내가 얼른 나머지 여인을 어깨에 들쳐 멨다.

쿵!

두 명의 여인을 메고 창고 깊숙한 곳으로 걸음을 옮기는 네 명의 사내 뒤로 박현이 떨어져 내렸다.

"인신매매는 아니고. 역시 통나무인가?"

낯선 목소리에 걸음을 옮기던 사내들의 걸음이 멈춰 섰다.

"어이구."

그중 민머리 사내가 손바닥으로 매끈한 머리를 쓰다듬으

며 돌아섰다.

"크크크, 이건 또 뭐야?"

사내는 호랑이 가면의 박현을 잠시 쳐다본 후 고개를 들어 천장을 올려다보았다. 2층 높이는 될 법한 높은 곳에 환풍 역할을 하는 창문 하나가 열려 있었다.

"어이구, 운동 신경도 좋아라. 저곳에서 뛰어내렸어?"

"뭐, 그거야 차차 알아보면 되고."

박현은 민머리 사내의 말은 귓등으로 흘리며 머리를 흔들어 목을 두둑 꺾었다.

"어디서 왔나?"

"크흐흐흐."

"나를 몰라보는 거 보면 이 근방은 아니고. 어디 저 지방에서 올라온 모양이지?"

"아야―, 어디 무서워 대답이나 하겠어?"

무섭다는 말과 달리 민머리 사내는 히죽 웃음을 터트렸다.

"얼마나 잔인하게 죽여야 지방까지 소문이 돌까?"

동시에 박현도 살기 어린 미소를 지으며 허리춤에서 자그만 봉을 꺼내 휘둘렀다.

촤라락!

작게 접혀 있던 삼단 강철봉이 길게 만들어졌다.

"어떻게 다져야 살이 야들야들해질까?"

민머리 사내가 혀로 입술을 적셨다.

"이건 통나무가 아닌데."

그 행동에 박현은 미간을 찌푸렸다.

"너네들 사람 처묵고 다니냐?"

박현의 목소리가 묵직하게 가라앉았다.

"크흐흐흐."

그 물음에 민머리 사내가 웃음을 터트렸다.

"어쩐지. 통나무인데 드나드는 놈들이 없어 이상하다 했어."

박현은 강철 삼단봉을 억세게 움켜잡았다.

"곱게는 못 죽여 주겠다. 아주 갈가리 찢어 주마. 이 쌍놈의 악귀들아."

"푸하하하하하하!"

민머리 사내뿐만 아니라 그 뒤에 서 있던 세 명의 사내들도 갑자기 대소를 터트렸다. 뭐가 웃긴지 그중 한 명, 피어싱 사내는 바닥에 주저앉아 숨을 헐떡이며 웃고 있었다.

"뭐가 그리 우습지?"

"악귀를 악귀라고 부르니 그렇지."

"인간이기를 포기한 놈들이로구나."

박현은 진한 살기를 뿜어내며 민머리 사내를 향해 몸을 날렸다.

쑤아아아앙—

어지간한 팔다리는 단숨에 부러질 정도로 강하게 삼단봉을 민머리 사내의 어깨로 내려찍었다.

쾅!

묵직한 파음이 민머리 사내의 어깨에서 터졌다.

"낄낄낄."

조금의 고통도 느껴지지 않는 듯 민머리 사내는 히죽 웃음을 지어 보였다.

"인간아."

민머리 사내는 박현의 손목을 움켜잡았다.

"이 몸은 인간을 포기한 것이 아니란다."

"큭!"

손목이 부러질 듯한 고통에 박현은 미약한 신음을 흘렸다.

"애초에 인간이 아니었단다."

민머리 사내의 눈동자가 붉게 변했다.

눈동자뿐만 아니라 몸도 붉어지기 시작했다.

"흡!"

박현의 눈이 부릅떠졌다.

이마 위 민머리에서 살갗을 뚫고 뿔 하나가 솟아나기 시작한 것이었다.

"물러나라."

영혼을 뒤흔드는 음성에 박현은 손목의 고통도 잊고 몸을 바르르 떨었다.

"두령."

"비켜서라."

2m는 될 법한 키에 어지간한 장정 허리만 한 팔뚝을 가진 사내가 서 있었다.

그리고 두령이라 불린 그 또한 인간이 아니었다.

피를 뒤집어쓴 듯 붉은 머리카락에 은은한 흑빛 피부, 붉은 눈동자. 그리고 아랫입술을 삐죽하게 뚫고 나온 짐승의 것과 같은 송곳니. 무엇보다 그의 머리에 난 세 개의 뿔까지.

"두령이 직접 나서지 않으셔도 됩니다."

뿔 하나의 민머리 사내는 굽실거리며 포악한 흉상에 어울리지 않는 웃음을 지었다.

"저 녀석은 내가 먹어야겠다."

"네?"

음기 가득한 여자가 아닌 그저 배만 채우는 남자를?

"네놈이라면 더 이상 안 도망치고 다녀도 되겠구나."

"……?"

"아직 탈피를 못 한 모양이지?"

"······무슨 소리지?"

박현은 미간을 찌푸리며 물었다.

"그러니 이 핏덩어리들이 널 못 알아보지."

"무슨 소리를 하는 거냐고!"

세 개의 뿔을 가진 붉은 피부의 거구가 하는 말에는 머릿
속을 간질간질 건드리는 무언가가 있었다. 박현은 참지 못
하고 소리를 터트렸다.

"일족의 존재조차 모르는 것을 보면. 태어나 버림을 받
은 것인가? 아니면 같잖은 사랑의 찌꺼기인가?"

"이 새끼야. 지금 무슨 소리를 하는 거냐고!"

"어차피 상관없나? 곧 죽을 놈이니."

"저놈, 반신(半神)이요?"

"저놈이 품고 있는 신력이라면 지긋지긋한 오백 년의 사
슬을 끊어주고도 남겠구나! 크하하하하하!"

세 개의 뿔을 가진 사내, 아니 괴물이 박현을 쳐다보며
대소를 터트렸다.

*용어

1) 아귀(餓鬼): 늘 굶주려 있는 귀신. 몸은 산처럼 크지만 목구멍은 바늘구멍처럼 작다. 그렇기에 영원히 굶주림에 시달리게 된다.

2) 강림차사: 염라대왕의 명을 받고 명부로 혼을 데려가는 저승사자 3인[강림차사(도령), 일직차사(천황차사), 월직차사(지황차사)] 중 일인. 옆구리에 붉은 오랏줄을 달고 다닌다.

3) 암행(暗行), 어떤 목적을 위하여 자기의 정체를 숨기고 돌아다니는 뜻이지만 여기서는 암행어사(暗行御史)의 줄임말로 사용.

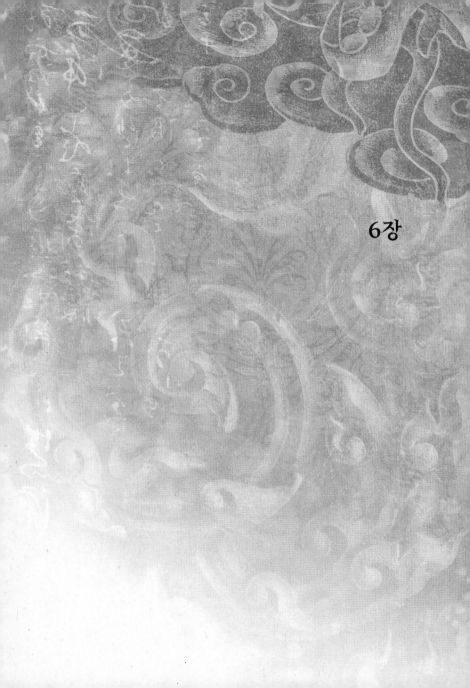

6장

"크하하하! 내 혼이 사무치도록 이날을 얼마나 꿈꾸며 살아왔는지."

세 뿔 사내는 허공에서 1m는 될 법한 쇠방망이를 꺼내 들었다.

"네 녀석의 육신 하나, 피 한 방울 남김없이 마셔 주마! 크하아악!"

세 뿔 사내는 귀신의 울음을 터트리며 박현과의 거리를 단숨에 좁혔다.

후아아앙—

사람 팔뚝보다도 더 굵은 쇠방망이를 휘둘렀다.

콰직!

"흡!"

박현은 급히 삼단봉으로 쇠방망이를 막아냈지만 어림도 없는 행동이었다. 삼단봉은 수수깡처럼 힘없이 깨져 방어의 역할을 하나도 하지 못했다.

퍼억!

쇠방망이는 삼단봉을 부수며 박현의 옆구리를 후려갈겼다. 그의 몸은 종잇장처럼 힘없이 창고 벽으로 날아가 부딪혔다.

"커억!"

내장이 상한 듯 박현은 피를 한 바가지를 쏟아내며 힘겹게 자리에서 일어났다.

"아주 지랄 맞네."

박현은 나지막하게 육두문자를 내뱉으며 천천히 다가오는 세 뿔의 사내를 쳐다보았다.

"너희들 정체가 뭐냐?"

박현은 벽에 기댄 채 턱으로 흘러내리는 피를 손등으로 닦으며 말했다.

"그 뭐야, 도깨비 뭐 이런 거냐?"

"도깨비?"

세 뿔의 사내는 콧방귀를 쳤다.

"순해 빠지고 나약한 그 잡것을 본 신(神)과 비교를 하는 것이냐!"

분명 말이었지만, 또한 혼을 뒤흔드는 귀신의 울음이기도 하였다.

"쿨럭!"

그 울음에 박현은 피를 다시금 토하며 휘청였다.

후아아아악—

어느새 세 뿔 사내의 쇠방망이가 박현의 머리 위로 뚝 떨어져 내리고 있었다.

"크핫!"

박현은 피 머금은 어금니를 꽉 깨물고 옆으로 몸을 날렸다.

콰앙—

쇠방망이가 바닥에 처박히자 엄청난 파음과 함께 주변 맨바닥의 먼지가 피어올랐다.

"스ㅇㅇㅇㅇ—."

벽을 잡고 자리에서 일어난 박현은 스산하게 날숨을 깊게 내쉬었다.

"참으로 개 같은 상황이야. 그지?"

박현은 고개를 들어 세 뿔 사내를 쳐다보았다. 헝클어진 머리카락 사이로 사나운 안광이 폭사되고 있었다.

"나 이런 상황 안 좋아하는데."

박현은 품에서 묵직한 쇳덩이를 꺼내들었다.

철컥!

그건 바로 권총이었다.

박현은 세 뿔 사내와 눈이 마주친 순간, 한 치의 망설임도 없이 방아쇠를 당겼다.

탕! 탕! 탕!

세 발의 총성.

그 총성과 함께 세 뿔 사내의 머리가 뒤로 두어 차례 꺾이다가 거대한 몸이 뒤로 넘어갔다.

"크크크."

박현은 그 짧은 시간 동안 몸이 어느 정도 회복되었던지 목과 어깨를 풀며 쓰러진 세 뿔 사내 앞으로 뚜벅뚜벅 걸어 나갔다.

박현은 권총을 까딱거리며 발로 세 뿔 사내의 머리를 툭툭 쳤다.

"......!"

발로 세 뿔 사내의 머리를 툭툭 치던 박현의 눈매가 굳어졌다.

분명 세 발의 총알이 분명 머리에 직격했다.

그러나 세 뿔 사내의 머리 뒤로 흥건해야 할 피가 없었다.

박현은 재빨리 뒤로 발걸음을 옮기려 했지만.

턱!

솥뚜껑만 한 거대한 손이 그의 발목을 움켜잡았다.

"큭!"

엄청난 악력.

그로 인한 고통에 박현의 꽉 다문 입술 사이로 신음이 흘러나왔다.

탕!

다시 한 번 권총이 불을 뿜었고, 세 뿔 사내의 머리가 가볍게 튕겨 올랐다.

그러나 여전히 피는 없었다.

그리고 보았다.

그의 머리에서 튕겨나가는 총알을.

세 뿔 사내의 눈이 서서히 떠졌다. 그에 맞춰 그의 입꼬리가 말려 올라갔다.

"……!"

박현은 그와 눈이 마주치자 다시금 그의 얼굴을 향해 방아쇠를 당겼다.

탕!

그와 동시에 그의 몸은 허공으로 붕 떴다.

쾅! 콰앙! 쾅! 쾅— 쾅! 콰아앙!

발목이 잡힌 박현의 몸은 솜인형처럼 세 뿔 사내의 손에 의해 바닥에 이리저리 처박히다 마지막으로 벽으로 날아가 부딪히며 바닥으로 떨어졌다.

"끄어어어—."

박현의 팔다리는 이리저리 뒤틀려 있었고, 그의 몸은 마치 죽어가는 애벌레처럼 꿈틀거릴 뿐이었다.

*　　　*　　　*

"조사를 마쳤습니다."

한성그룹 비서실장 이규원이 한재규 회장에게 얇은 서류철을 내밀었다. 한재규는 결재 심사 하던 서류를 옆으로 밀어내고는 이규원 비서실장이 내민 서류철을 열어 보았다.

한재규 회장은 보고서를 꼼꼼히 읽어 내려갔다.

"봉황회랑 검계, 어디에도 속하지 않았다. 확실한 건가?"

"그들과 어떠한 접점도 없었습니다. 또한 그를 주목하는 어떤 존재도 없었습니다."

"자신의 실체를 알지 못하는 것으로 보이며 아직 탈피를 하지 못했다. 다만 짧게나마 그 힘을 드러냈으며 조만간 어

떤 계기가 만들어지면 탈피를 시작할 것으로 사료된다······
라."

한재규 회장은 잠시 생각에 잠긴 듯 눈매가 가늘어졌다.

"여전히 십 대 후반은 밝혀진 바 없고?"

"죄송합니다, 회장님."

"흠!"

한재규 회장은 묵직한 침음을 삼켰다.

"자네 생각은 어떤가?"

"정보4팀의 정보가 틀리지 않았다면 회장님께나 그룹에
더할 나위 없는 기회인 것 같습니다."

공식적으로 한성그룹에 정보4팀은 없었다.

"4팀이 실수한 적은 없지."

한재규 회장은 고개를 끄덕였다.

"천우의 기회이기는 한데······."

한재규 회장은 망설였다.

"이게 옳은 건가 죄책감이 드는군."

갈등, 그리고 고뇌가 그의 얼굴을 서서히 덮고 있었다.

"회장님."

비서실장 이규원이 묵직한 목소리로 그를 불렀다.

"말해."

"전에 회장님께서 이런 말씀을 하셨습니다."

"내가?"

"도전 없이는 최고의 자리에 오를 수 없다, 고 했었습니다."

"그래, 내가 자주 하는 말이지."

한재규 회장은 희미한 미소를 지으며 고개를 주억거렸다.

"그래도 이번 건은 도전이라기보다는⋯⋯."

"지금은 기업의 수만의 식구들만 생각하십시오."

"식구들이라."

한재규 회장의 눈에 독기가 피어났다.

"준비는 철저히 했나?"

"만약 그가 4팀의 예상을 깨고 탈피를 했다 하여도 4팀이라면 그를 충분히 제압할 수 있을 겁니다. 사견입니다만, 좀 더 시간을 끌다 혹여나 그가 봉황회나 검계와 접촉한다면⋯⋯."

"닭 쫓던 개가 지붕 쳐다보는 꼴이 되는 거지."

한재규 회장은 고개를 끄덕였다.

"혹시나 모르니, 4팀에 특급 용병을 고용해. 얼마나 들어도 좋으니 무조건 생포해."

"혹시나 싶어 준비해 두었습니다."

"벌써?"

"혹시 몰라 탈피했다는 가정 하에 팀을 꾸렸습니다. 무례를 저질렀다면…….."

"아니야, 아니야. 잘했어."

한재규 회장은 이규원 비서실장을 올려다보며 흡족한 미소를 지었다.

"언제나 일처리가 마음에 들어."

한재규 회장의 말에 이규원은 담담하게 고개를 숙였다.

"준비가 되었으니 오늘 바로 처리하지. 일 분 일 초가 흐를수록 실패 요인이 커지니까."

"오늘 새벽에 처리하겠습니다."

"아침에 좋은 소식 기다리지."

이규원 비서실장은 허리를 숙여 회장실을 나갔다.

그가 나가고 한재규 회장은 얇은 보고서를 짚어들었다.

'오물은 나 하나만 묻히면 돼.'

결심을 굳힌 한재규 회장은 보고서를 문서 파쇄기에 넣었다.

이이이이잉—

날카로운 기계음을 들으며 한재규는 의자에 몸을 기댔다.

'그의 피라면……, 반드시!'

한재규는 주름이 가득한 손을 잠시 내려보다 주먹을 말

아 쥐었다.

*　　*　　*

세 뿔 사내는 박현의 머리카락을 잡아 올려 눈높이를 맞췄다.

"흐음—, 후아아!"

세 뿔 사내는 박현의 몸에서 흐르는 피 냄새를 깊게 마신 후 깊은 감탄을 터트렸다.

"이렇게 깊고 진한 신향(神香)이라니. 탈피도 하지 않았는데 엄청나군. 너의 정체를 알고 싶어질 만큼."

세 뿔 사내는 여전히 독기 어린 눈으로 꿈틀거리는 박현의 모습에 피식 조소를 삼키며 그의 턱으로 떨어지는 피 한 방울을 손가락으로 찍어 입으로 가져갔다.

"흡!"

그의 피 맛을 보자마자 세 뿔 사내는 눈을 부릅떴다.

털썩.

피 맛에 놀란, 아니 홀려버린 세 뿔 사내는 힘이 풀린 듯 박현을 놓아버리고 말았다.

"으으으으으—."

세 뿔 사내는 희열에 가득 차서 몸부림쳤다.

"끄으으……, 난 안 죽어. 크르—, 널 죽일 거다. 끄윽!
크르— 끄으, 크흐으으으!"

박현의 신음이 조금씩 거칠게 바뀌어갔다.

박현은 부들부들 떨리는 몸을 겨우 일으켜 세 뿔 사내를
올려다보았다. 그를 바라보는 살기 어린 검은 눈동자, 그
눈동자가 점멸하듯 누런색으로 변해 갔다.

누런색 눈동자, 그 안 황금빛 동공.

"크르르르르!"

고통에 찬 신음, 하지만 그 울음은 상처 입은 짐승의 것
이었다.

세 뿔 사내는 피 맛에 취한 듯 달라진 박현의 눈동자를
보지 못했다. 그리고 그의 울음마저도 흘려듣고 말았다.

"날 죽이겠다고? 크크크, 나 두억의 왕, 두억시니[1]는 죽
지 않는다."

세 뿔 사내는 박현의 가슴을 발로 걷어찼다.

콰앙—

강렬한 폭음과 함께 박현의 몸은 벽으로 날아가 부딪히
며 바닥으로 떨어졌다.

"그리고 너도 죽지 않아. 너는 내 피가 되고 내 살점이
되어 나와 함께 영원히 살아가게 될 것이니까. 크하하하
하!"

그 말을 들은 것일까, 박현의 몸은 짧게 경련을 일으키더니 이내 바닥으로 축 늘어졌다. 그리고는 조그만 움직임조차 보이지 않았다.

"크크크, 평소라면 너의 반항이 꽤나 즐거웠겠지만, 일생의 만찬을 두고 시간을 낭비하고 싶지 않구나. 크하하하하!"

세 뿔 사내, 두억시니는 침을 꿀떡 삼키며 박현 앞으로 다가갔다. 천천히 손을 뻗어 그의 머리카락을 움켜잡아 들어올렸다.

"크크크―, ……!"

두억시니는 박현의 누런 눈동자를 마주한 순간 기분 좋은 미소가 급격히 사라졌다.

번들거리는 누런 눈동자, 그 안에서 활활 타오르는 황금빛 동공.

그건 인간의 눈동자가 아니었다.

짐승의 눈.

'……탈피?'

두억시니의 눈이 부릅떠졌다가 이내 눈에 호선을 그었다.

탈피라면 인간의 육신이 깨졌다는 뜻.

육신이라는 단단한 알 속에서 잠들어 있던 신의 힘이 껍데기를 깨고 현신을 시작한 것이었다. 완벽하지는 않지만 전과는 비교도 되지 않을 정도로 양질의 신력을 흡수할 수 있게 되었다는 뜻.

천우신조의 기회가 아닌가?

잠든 신력만으로도 넘치는 힘일진대, 현신한 신력이라니.

두억시니는 기쁨과 흥분에 몸을 바르르 떨었다.

"크하하하하하!"

두억시니는 대소를 터트리며 다른 손으로 박현의 어깨를 움켜잡았다. 혀로 입술을 적시며 단숨에 그의 목을 물어갔다.

"크르르—."

턱!

덜렁거리던 박현의 손이 빠르게 세 뿔 사내의 목을 움켜잡았다.

두둑— 두두둑!

뒤틀린 박현의 팔은 마치 영상을 빠르게 되감기를 하듯 정상으로 돌아갔다. 팔뿐만 아니라 만신창이가 된 몸이 거짓인 것처럼 빠르게 정상으로 돌아간 것이었다.

그것이 끝이 아니었다.

그의 팔과 상체는 풍선이 부풀듯 훨씬 두껍게 변했다.

"크르르르르—."

박현은 두억시니를 머리 위로 번쩍 들어 올리더니,

콰아앙—

그대로 바닥으로 내려찍었다.

"크흐으으으."

두억시니를 떨쳐낸 박현은 여전히 고통에 괴로운 듯 머리를 감싼 채 휘청거리며 두어 걸음 뒷걸음 쳤다. 그러는 와중에도 박현의 몸은 상의마저 찢으며 더욱 거대해졌다.

더불어 그의 검은 머리카락은 새하얗게 변해 갔고, 백발이 되자 머리카락은 그의 목을 타고 내려와 등으로 이어졌다.

백발이 팔과 손을 뒤덮어 가자 손가락은 기이하게 길어졌고, 두껍게 변한 손톱은 갈고리처럼 휘어지며 날카롭고 뾰족하게 만들어졌다.

"크르르르!"

허리를 숙이고 잔뜩 웅크렸음에도 그의 몸은 그가 서 있었을 때보다 더 크고 거대하게 변해 있었다.

고통에 찬 울음이 어느 순간부터 사라졌다.

꿈틀거리던 그의 몸도 침묵에 빠진 듯 딱 멈췄다.

"크허어어엉!"

그가 고개를 들고 가슴을 열며 포효했다.

울음을 터트리는 그는 한 마리 새하얀 호랑이, 백호였다.

*　　　*　　　*

새벽에 조용히 눈을 뜬 박미자는 남편이 깰까 조심스럽게 침대에서 내려와 방을 나왔다. 모두가 잠든 새벽인지라 집안은 무서울 만큼 적막감이 흐르고 있었다.

박미자는 불안한 눈으로 양손을 꼭 잡고 조심조심 발소리를 죽인 채 2층으로 올라갔다.

2층에 자리한 한설린의 방 앞에 선 박미자는 문고리를 잡았지만 선뜻 문을 열지 못하고 머뭇거렸다.

'하늘에 계신 우리 아버지. 아버지의 이름이 거룩히 빛나시며 아버지의 나라가 오시며 아버지의 뜻이 하늘에서와 같이…….'

한참이나 문고리를 잡고선 주기도문을 외고, 빌고 또 빌며 마음을 가다듬었다.

박미자는 주기도문에 이어 사도신경까지 외운 후 방문을 열고 안으로 들어갔다.

'흡!'

박미자는 자신의 입에서 어떤 신음이라도 흘러나올까 봐 얼른 양손으로 입을 가렸다.

풀썩!

이어 다리에 힘이 풀리며 그 자리에 주저앉았다.

방 중앙, 깔끔한 흰색 침대 위에 고이 잠을 자고 있어야 할 한설린이 30cm가량 허공에 떠 있었다.

그녀의 몸 주위로 푸르스름한 빛이 일렁이고 있었다.

어떻게 보면 신비해 보이고, 어떻게 보면 요사스러운 빛 무리였다. 하지만 그녀의 눈에는 신비스러움보다 요사스러움으로 비춰졌다.

그녀의 몸은 눈에 보이지 않는 어떤 것에 사지가 구속된 것처럼 팽팽하게 당겨져 있었고, 그 안에서 몸부림치고 있었다.

지독한 고통이 느껴졌는지 한설린은 입을 쩍 벌리고 괴로워했지만 그녀의 신음과 괴로움은 입 밖으로 단 한 음도 흘러나오지 않았다.

박미자는 주먹으로 가슴을 쾅쾅 쳤다.

'전생에 내가 그 무슨 잘못을 했답니까. 가문을 잇지 못하고 쫓겨나듯 도망치게 만든 것도 모자랍니까?'

눈물범벅인 박미자의 눈에 독기가 피어올랐다.

'저 아이가 무슨 잘못이 있다고! 차라리 나에게 내리시지! 왜! 왜!'

박미자는 이를 악물고 후들거리는 다리로 자리에서 일어

났다.

　'분명 가문의 비밀과 연관된 게 틀림없어.'

　그토록 알고 싶었던 가족의 비밀.

　자신만 몰라야 했던 가혹한 비밀.

　그래서 평생 잊으려 노력했던 그 비밀.

　'이제는 알아야겠어. 가문의 비밀을!'

　박미자는 힘겹게 한설린의 방문을 다시 닫았다.

　그녀가 나가고.

　다시 정막이 쌓인 그녀의 방.

　"……힘내세요. 나의 신이시여!"

　한설린의 입에서 목소리가 흘러나왔다.

*　　*　　*

　포효를 지르며 반인반수의 백호가 두 다리를 딛고 일어섰다.

　"크르르르!"

　나직한 울음 사이로 흉포한 황금 안광이 폭사되었다.

　울음을 내뱉을 때마다 새하얀 한지 위로 대가(大家)의 힘찬 획이 쳐지듯 묵빛 줄무늬가 꿈틀거렸다.

　'이놈! 백호로구나!'

멍하니 누워서 변화를 지켜보던 두억시니의 눈이 화등잔처럼 부릅떠졌다.

영수(靈獸) 중의 영수, 호족(虎族)을 넘어서 수인족 중에서도 수좌 자리를 다투는 백호.

백호는 호족과 비교가 되지 않을 정도로 타고난 신력이 다르고, 지닌 피가 다르다.

두령 두억시니의 크게 뜬 눈은 흥분으로 물들어 갔다.

영물 중에 영물이니, 두령 두억시니에게 있어서는 기연을 얻은 것이나 다름없는 상황이었다. 눈앞의 백호가 성체라면 말이 달라지겠지만, 아무리 백호라고 하여도 자신의 힘을 자각조차 하지 못하는 그는 이제 눈을 뜬 나약하기 짝이 없는 존재, 갓 태어난 유생(幼生)일 뿐이었다.

이제 막 눈을 떠 적아 구분은커녕 상황 판단마저 하지 못해 눈동자가 어지럽게 흔들리고 있었다. 미약한 자극에도 몸이 이리저리 꿈틀거렸다.

두억시니는 그런 박현을 바라보며 소리죽여 조용히 자리에서 일어났다.

"히익!"

그때 엄한 기겁성이 터져 나왔다.

백호가 발산하는 기에 눌린 빼빼 마르고 온 얼굴에 피어싱을 한, 이제 겨우 애송이를 벗어나려는 어린 녀석이었다.

아무리 애송이지만 악귀 중의 악귀, 두억시니의 피를 갖고 태어난 놈이었다. 그런 두억시니가 갓 태어난 백호의 위엄에 눌린 것이었다.

'이것이 백호의 힘인가?'

수백 년을 살아온 두억시니 두령도 백호의 신기를 풍문으로만 들었지 눈앞에서 보는 것은 처음이었다. 자신도 백호의 몸에서 뿜어져 나오는 기세에 살갗에 닭살이 돋아날 정도로 오싹거릴 정도였다.

자신도 그러할진대 어린 애송이가 그 기세를 이겨내지 못한 것은 어쩌면 당연한 일.

두억시니 두령의 입가에 히죽 웃음꽃이 피어났다.

백호, 박현의 신경이 오롯이 애송이 두억시니에게로 향했으니, 애송이 두억시니야 안타깝겠지만 자신은 더욱 손쉽게 그의 피를 취할 수 있게 되었기 때문이다.

아니나 다를까.

"크허어엉!"

박현은 단 한 번의 뜀으로 애송이 두억시니를 덮쳤다.

"크하악!"

애송이 두억시니는 박현의 앞발에 반항 한 번 못 하고 검은 피를 뿌리며 뒤로 날아가 처박혔다.

"크허어엉!"

박현이 주위에 서 있던 다른 두억시니들을 향해 울음을 터트리자,

"……!"

"크으!"

다른 두억시니들은 본능적으로 공포를 느끼며 두어 걸음씩 뒷걸음을 쳤다.

박현은 나직하게 울음을 내뱉으며 바닥에 쓰러져 꿈틀 거리는 애송이 두억시니에게로 다가가 그의 가슴을 지그시 발로 밟았다.

콰직!

애송이 두억시니는 벗어나기 위해 발버둥을 치다가 허리춤 주머니에서 날카로운 낫을 꺼내들었다. 그리고는 그대로 박현의 발등을 그대로 찍어버렸다.

"크허어엉!"

순간적인 고통에 박현은 두 눈을 부릅뜨며 울음을 터트렸다. 누르는 고통이 사라지자 애송이 두억시니는 허겁지겁 기다시피 박현과 거리를 넓혔다.

애석하게도 그 거리는 고작 박현에게 있어 한 걸음도 되지 못할 정도였다.

퍽퍽— 서걱— 서걱! 서거걱!

박현은 단걸음에 그의 허리를 내려찍으며 날카로운 발톱

이 서 있는 앞발을 마구 휘둘렀다.

"으아아아악!"

애송이 두억시니는 고통스러운 비명을 지르며 몸부림을
쳤다. 그런 그의 등에서는 검은 핏물과 연기가 사방으로 찢
겨 날렸다.

그러는 사이 두령 두억시니는 허리춤 주머니에서 조용히
쇠사슬을 꺼내들었다. 그리고 두령 두억시니의 눈빛에 다
른 두억시니들도 애써 눈빛을 가라앉히며 쇠사슬을 꺼내들
었다.

좌라라라— 콰곽!

두령 두억시니가 재빨리 쇠사슬을 던져 박현의 목을 포
박했다.

"크허허— 컥!"

쇠사슬이 목을 옭아매오자 박현은 쇠사슬을 움켜잡으며
뒤로 몸을 돌렸다.

"크르르르르!"

박현은 두령 두억시니를 향해 날카로운 어금니를 드러내
며 울음과 함께 살기를 폭사시켰다.

좌라라라라— 좌라라라라— 좌라라라락—

콰곽! 콰과과곽!

세 개의 쇠사슬이 날아와 백호 박현의 양 팔과 목을 한

번 더 포박했다.

"당겨!"

거구 문신을 한 두억시니의 걸걸한 고함에 털북숭이 두억시니와 붉은색 까까머리 두억시니가 힘껏 박현을 사방으로 잡아당겼다.

팡— 팡— 팡—

쇠사슬이 팽팽하게 당겨지면서 박현의 몸이 큰 대(大) 자를 그리며 사지가 크게 벌어졌다.

"크르르르르!"

두령 두억시니는 쇠사슬을 놓으며 박현에게로 다가가 얼굴을 가져갔다.

철컹 철컹 철컹!

"크르르르르."

박현은 두령 두억시니를 물어뜯기 위해 이빨을 드러냈지만 목에 감긴 쇠사슬에 의해 얼굴을 가져가지는 못했다. 그 사실에 짜증이 났던지 몸을 마구 흔들었지만 쇠사슬은 단단하기만 했다.

박현의 몸부림에 두령 두억시니는 잠시 주춤 뒤로 물러나는 듯했지만 쇠사슬 포박이 단단함을 알자 다시 느긋하게 다가섰다.

사각—

그리고는 날카로운 손톱으로 박현의 어깨 살갗을 얕게
베었다.

손톱 끝에 송글 맺히는 핏방울.

"흐으음─. 후아아!"

그는 박현의 피 냄새를 깊게 들이마시고는 이내 감탄사
를 터트렸다. 그리고는 천천히 혀로 가져갔다.

"크하아아─."

두령 두억시니는 몸을 부르르 떨며 기쁨을 표현했다.

박현의 피냄새는 진했다.

그리고 달콤했다.

박현을 속박하고 있던 다른 두억시니들도 그 피 냄새에
참지 못하고 마른침을 꿀떡 삼켰다.

"대단해. 정말 대단해."

"크르르르르!"

백호는 울음소리를 낮추며 두령 두억시니를 노려보았다.
또한 속박에서 벗어나고자 몸부림도 치지 않았다. 그저 조
용히 울음을 삼키며 두억시니를 노려볼 뿐이었다.

살기도 서서히 눈 속으로 갈무리되어 갔다.

그의 모습은 마치 사냥 전 몸을 숨기는 그것과 다르지 않
았다.

다만, 두령 두억시니는 그런 변화를 눈치채지 못하고, 그

저 결박에 지쳐 반항을 거둔 것으로 이해했다.

"그래, 그렇지."

두령 두억시니는 백호, 박현의 얼굴을 가볍게 쓰다듬었다.

"하긴 내가 지금 무슨 말을 하는지 알지도 못할 테지만. 크크크크."

손을 거두는 두령 두억시니는 미간을 찌푸렸다.

강렬한 피에 홀린 두억시니들이 자신 못지않은 강렬한 욕망을 드러내고 있었기 때문이었다. 그들은 자신의 손과 발이 되는 녀석들이니 무작정 내칠 수도 없었다. 또한 자신의 여벌 목숨이기도 하였다.

"살점들은 남겨 주마. 나는 피만으로 족하다."

생각 같아서는 뼛가루까지 모두 먹어 흡수하고 싶지만, 줄 것은 줘야 한다. 아쉬운 마음도 없지 않았지만 피만으로 충분하기에 마음을 달랠 수 있었다.

두령 두억시니는 허리춤 주머니에서 망나니 칼처럼 생긴 커다란 칼을 꺼내들었다.

척—

커다란 칼이 박현의 어깨 위에 얹어졌다.

두령 두억시니가 칼을 그을 때였다.

"크허어엉!"

박현은 느슨해진 분위기를 틈 타 양팔을 폭발적인 힘으로 휘둘렀다. 그 힘을 이기진 못한 붉은 까까머리 두억시니는 쇠사슬과 함께 날아가 바닥에 처박혔고, 또 다른 두억시니 털북숭이는 쇠사슬을 놓치고 말았다.

양팔이 자유로워진 박현은 왼 손등으로 칼을 쳐내는 동시에 오른손으로 두령 두억시니의 목을 움켜쥐어 들어올렸다.

"크르르. *감히 나를 먹겠다고?*"

박현은 두령 두억시니를 가까이 당기며 말했다.

마치 무언가의 울림처럼 그 목소리는 인간의 것이 아니었다. 또한 초점이 잘 잡히지 않고 흔들리던 그의 눈동자도 또렷하게 변해 두령 두억시니를 노려보았다.

"크허어어엉!"

박현은 포효하며 앞발을 휘둘렀다.

콰지지직!

살가죽이 찢어지는 소리와 함께,

푸학— 슈스스숫.

검은 피가 튀었고, 피에서 흘러나온 검은 연기가 뭉개졌다.

*용어

1) 두억시니: 두억시니는 머리를 짓누르는 귀신으로 한자로는 두억신(頭抑神), 두옥신(斗玉神)이며 '시니'는 '신위(神位)'의 우리말이다. 두억시니는 기본적으로 사람들을 괴롭히고, 해치고, 심지어 잡아먹기도 한다. 때로는 극진히 모시면 큰 재물을 주며, 아이도 갖게 해주기도 한다. 야차와 일본의 오니와 매우 비슷한 성격을 가지고 있다. 생김새는 뿔을 가지고 있고, 덩치가 산만 하며, 머리카락은 불은 붙은 듯 붉고, 시뻘건 눈은 온통 충혈되어 있으며, 날카로운 손톱을 가지고 있다. 성격도 포악하여, 요술을 쓰기보다는 몽둥이나 주먹으로 때려죽이는 것을 즐긴다.

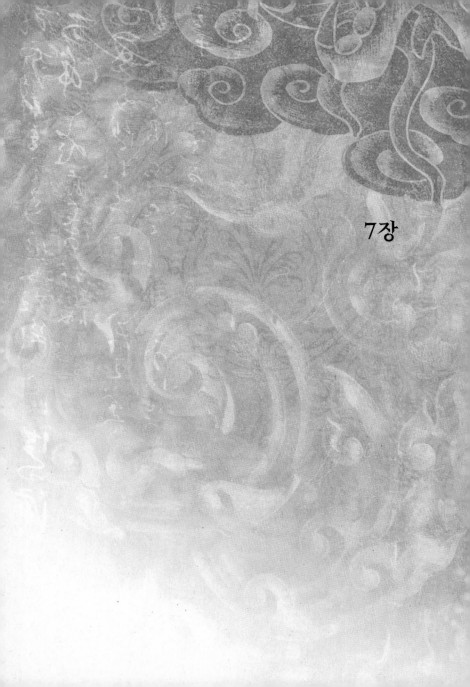

7장

사삭— 사사사삭—

달빛마저 구름 속에 가려진 어두운 새벽.

스무 명 남짓, 머리끝부터 발끝까지 검은 옷을 입은 사내들이 귀신처럼 대규모 창고 단지 인근 도로에 모습을 드러냈다. 그들은 검계의 검수단(劍守團)이었다.

그들 앞으로 나온 조완희는 부적을 꺼내 합장을 하며 나직하게 진언(眞言)을 읊조렸다. 그리고는 시퍼런 안광을 터트리며 부적을 앞으로 내던졌다.

사라라락—

부적은 이내 희미한 푸른 불에 휩싸이며 어느 방향으로

날아갔다.

부적을 날린 조완희는 고개를 돌려 선두에 서 있는 중년 사내, 검수단 수장 김영수를 쳐다보며 얕게 고개를 끄덕였다. 그 모습에 선두에 선 김영수가 수신호를 보내며 부적을 따라 몸을 날렸다.

뒤를 이어 조완희와 검수단원들이 일제히 허공으로 몸을 날렸다.

화르르륵—

부적이 생명을 다하며 사라지자 조완희는 지체 없이 한 장의 부적을 더 날렸다. 그 부적은 산화한 부적의 뒤를 이어 다시 푸른빛을 밝히며 날아갔다.

그렇게 3분 여를 달려갔을 무렵.

푸른빛을 발하는 부적은 어느 창고 지붕 위를 두세 바퀴 맴돌다가 사라졌다.

"저곳인가?"

"예."

단장 김영수의 물음에 조완희는 그답지 않게 진중한 목소리로 대답했다. 김영수는 조완희의 어깨를 가볍게 두들기고는 뒤에 자리한 검수단원들에게 복잡한 수신호를 보냈다.

그러자 검수단원들은 사방으로 퍼져 창고를 에워 감쌌다.

단장 김영수의 뒤에 서 있는 열 명의 검수단원들은 칼자

루에 손을 얹으며 기세를 날카롭게 벼렸다.

그러는 사이 조완희는 창고 지붕 위로 올라가 사방으로 부적을 흩뿌렸다. 그 부적들은 가는 빛으로 연결되어 거대한 원을 만들어냈고, 창고를 감쌌다.

스릉—

조완희가 김영수를 향해 다시 고개를 끄덕이자 김영수는 롱코트 안에 감추어 둔 검을 조용히 뽑아들었다. 그를 따라 검수단원들도 일제히 검을 뽑아들었다.

콰앙!

김영수는 창고 문으로 빠르게 달려들며 발을 내질렀다.

콰당탕탕탕—.

창고 문은 종잇장처럼 구겨지며 떨어져 나갔다.

엄청난 굉음이 창고 안으로 울려 퍼졌지만, 창고를 둘러싼 담 밖으로는 그 어떤 소음도 흘러나가지 않았다.

“좋았어.”

조완희는 죽은 굉음을 확인하고는 손가락을 튕기며 미소를 지었다. 그리고는 크게 발을 굴려 지붕을 부수며 창고 안으로 뛰쳐들어 갔다.

퍽!

바닥에 내려선 조완희는 재빠르게 등에서 칼을 뽑아들며 사방으로 눈빛을 번뜩였다.

팽팽한 긴장감도 잠시.

"음?"

조완희는 주위에 아무런 기척도, 귀기(鬼氣)도 느껴지지 않자 황당함을 감추지 못하며 주변을 다시 한 번 살폈다.

아니 기척은 있었다.

함께 창고로 돌입한 검수단들이었다.

"어떻게 된 거야?"

검수단원 중 한 명이 황당함에 중얼거렸다.

"조 박수. 여기 맞아?"

다른 검수단원이 미간을 찌푸리며 물었다.

"조용."

단장 김영수가 단원들을 조용히 시키며 사방을 뚫어지게 훑어보았다.

창고 구석에 시선이 닿자 눈빛이 번득였고, 잠시 눈을 감았다가 번쩍 눈을 떴다.

"안욱아."

"예, 단장님."

뺨에 긴 검상을 가진 사내, 곽안욱이 그의 곁으로 다가왔다.

"저기 뒤를 살펴봐라."

김영수는 창고 구석에 나 있는 자그만 문을 가리켰다.

"창석아, 나랑 가자."

"예, 형님."

그와 마음이 잘 맞는 오창석이 그를 따라 창고 뒤편으로 향했다.

김영수는 문이 활짝 열린 봉고로 향했다. 그리고 본네트에 손을 얹었다. 희미하지만 엔진에 온기가 남아 있었다.

'그다지 오래되지 않았다는 뜻인데.'

"단장님!"

곽인욱이 오창석과 함께 여인 둘을 어깨에 둘러메고 빠르게 뛰어왔다.

"여자들에게서 희미하지만 귀기가 느껴집니다."

둘이 여자들을 바닥에 눕히자 김영수는 무릎을 꿇고 그녀의 이마 위에 손을 얹었다. 그러자 손바닥을 타고 귀기가 선명하게 느껴졌다.

"확실히 우리가 쫓던 두억시니의 기운으로 보이는군."

"이상합니다."

부단장 이재희가 다가섰다.

"확실히 이상하군. 이놈들이 먹잇감을 두고 어디로 갈 놈들이 아닌데."

"우리가 뒤쫓는 것을 눈치챈 것이 아닐까요?"

"그럴 확률이 없지는 않지만……, 조 박수가 나이는 어리지만 그런 실수를 했을 거라 생각지는 않아."

조완희는 창고 중앙에서 부적들을 사방으로 날리며 진언을 읊고 있었다.

"음?"

이재희가 조완희가 서 있는 곳의 벽과 바닥에서 격한 싸움의 흔적을 발견했다.

"선객이 있었나?"

김영수도 자리에서 일어나며 조완희를 쳐다보았다.

조완희는 가방에서 지전(紙錢) 한 뭉텅이를 꺼내 허공에 뿌렸다.

화르르륵!

지전은 불꽃이 되어 사라졌고, 그 중앙에 선 조완희는 칠성방울과 부채를 꺼내들었다.

"비나이나, 비나이다. 이 자리에서 간곡히 비나이다. 명부를 다스리는 대별왕[1]의 신제자[2]가 비나이다. 성황신[3]께서옵서는 이 신제자의 몸을 빌어 과거의 흔적을 보게 해주시옵소서."

짧지만 한바탕 격하게 몸을 털던 조완희의 몸이 툭 멈춰섰다. 감겼던 눈이 떠지자 그의 눈에는 검은 동공은 없었다. 단지 푸른 불꽃, 귀안(鬼眼)이 동공을 대신하고 있었다.

조완희는 불타는 눈으로 빠르게 주변을 살폈다.

흑백 사진처럼 단편적인 장면들이 빠르게 지나갔다.

대지를 디디고 선 거대한 호랑이.

흑백으로밖에 볼 수 없었기에 조완희는 그 호랑이가 백호라는 사실을 알아차리지 못했다.

'호족?'

그리고 그에 무참한 죽음을 당하는 두억시니들.

'아니야!'

두억시니들은 단순한 죽음을 당하는 것이 아니었다.

'오히려 먹히고 있어.'

거대한 호랑이는 오히려 두억시니들의 귀기를 우악스럽게 흡수하고 있었다.

귀기를 잡아먹는 호족.

듣지도 보지도 못한 괴사였다.

조완희는 저도 모르게 떨리는 무릎을 자각하고는 애써힘을 주었다.

성황신이 보여준 곳은 거기까지.

하지만 더 거슬러 가야 한다.

조완희는 다시 지전을 뿌리며 그 자리에서 껑충껑충 뛰었다.

그의 눈 안에서 사그라지던 귀광이 다시 밝게 피어올랐다.

"큭!"

강렬해진 고통에 흘러나오는 신음을 억누르며 다시 눈을 부릅떴다.

'……?'

더욱 이해할 수 없는 장면이 눈에 들어왔다.

무참하게 짓밟던 호랑이는 온데간데없고 두억시니들에게 무참히 포박당하는 모습이 눈에 들어왔다. 그리고 억압당한 호랑이 앞에서 이죽거리며 뭔가 중얼거리는 두억시니.

조완희는 지전 두 장을 꺼내 귀에 붙였다.

화르륵

지전에 의해 불타오르는 귀.

『……갓 태어난…… 애송이……. 너의…… 먹어 삼켜…….』

시간이 제법 흘러 정확한 말을 들을 수는 없었지만 몇몇 중요한 단어로 대략적인 흐름은 파악할 수 있었다. 문제는 무슨 일이 벌어졌는지 더욱 알 수 없게 되었다.

"크으으으으."

너무 오랫동안 과거를 보아서일까?

그의 몸은 마치 몽둥이질을 당한 것처럼 욱신거리다 못해 아파오기 시작했다.

'한 번만! 한 번만!'

한 번만 더 보면 알 수 있을 것 같았다.

이건 짐작이 아니라 확신이었다.

'버텨라! 조완희, 넌 버틸 수 있어!'

조완희는 벌벌 떠는 손으로 힘겹게 지전을 꺼내들었다.

"조 박수!"

조완희가 상당히 무리하고 있음을 알아차린 부단장 이재희가 재빨리 다가와 그를 부축하려 했다.

하지만 조완희는 손을 뻗어 완고하게 거부하며 다시 한번 더 지전을 뿌렸다.

"끄으윽!"

고통에 찬 신음이 그의 입술을 비집고 흘러나왔다.

『고얀 놈! 내 대별왕님의 신제자라 젯밥 없이 판을 벌여줬건만……. 네놈의 욕심이 과…….』

『말이 많은 것은 네놈이로구나!』

천둥이 쳤다.

『대, 대별왕님이시여.』

그것을 끝으로 더 이상 성황신의 목소리는 들려오지 않았다.

'감사합니다, 몸주[4]시여. 대별왕님이시여.'

조완희는 다시금 부릅떠 과거를 훑기 시작했다.

더 커질 것이 없어 보이던 눈이 더욱 크게, 화등잔처럼 크게 떠졌다.

'그, 그때 그⋯⋯.'

"컥!"

동시에 강신술을 펼침에 받는 육체적 한계를 이기지 못하고 조완희의 몸은 무너져 내렸다.

"조 박수!"

이재희가 재빠르게 그를 안아들었다.

"두억시니는 이미⋯⋯."

"더 이상 말하지 않아도⋯⋯."

"소멸했습니다. 끄으―."

조완희는 그 말을 끝으로 정신을 잃었다.

"모두 들었지?"

김영수 단장의 말에 이어,

"최대한 빨리 본계로 돌아간다."

이재희 부단장은 조완희를 등에 업고 먼저 창고를 벗어나기 시작했다.

*　　*　　*

그 시각.

그의 눈동자는 멍하니 풀려 있었다.

마치 마약에 취한 것처럼⋯⋯.

잠에 취해 영화를 보는 것처럼…….

몽롱하다.

아니 의식은 있는데 남의 몸 안에 갇혀 있는 느낌이었다.

정확히는 의식이 깨어났다.

'누군가 나를 깨운 거 같은데. 누구지? 익숙한 목소리인
데.'

눈앞에 붉은 피부에 뿔을 가진 거구의 사내. 몸집뿐만 아
니라 키도 2m는 족히 되어 보였다. 그런데 그런 존재가 자
신의 눈 아래에 서 있다.

'뭐지? 사람인가? 아니야, 괴물? 괴물?'

상황을 인지하자 마치 빨리 감기를 하듯 눈앞의 상황이
획획 지나갔다.

아니 모두 보았는데, 확실하게 모두 두 눈으로 보았는데
마치 필름이 끊긴 것처럼 기억이 잘렸다.

기억하려 해도 잘 기억나지 않는, 그런 모호함만이 남았다.

그리고 눈앞에 거구의 붉은 괴물이 누워 있었다.

자신은 그의 검은 피를 마음껏 마시고 있었다.

피가 주는 쾌감에 백호, 박현은 온몸을 부르르 떨었다.
피가 달콤해서가 아니었다. 피를 마실 때마다 몸에 차오르
는 거대한 힘이 엄청난 쾌감을 일으키는 것이었다.

다시 눈앞의 광경이 획획 지나가고.

퍽—

처음 죽인 미라처럼 말라버린 붉은 괴물의 몸이 검푸른 연기가 되어 사라졌다. 마치 그 자리에 없었던 존재였던 거처럼.

퍽— 퍽— 퍽—

연이어 괴물들이 눈앞에서 연기가 되어 사라졌다.

'꿈인가?'

그런 생각이 들 때쯤.

그의 머릿속에 떠오르는 또 하나의 기억.

소매치기.

골목길.

이상한 존재 둘.

그리고 연기로 사라진 소매치기. 아니 그 녀석도 괴물이었던가?

기억을 더듬는 순간 또 눈앞의 광경이 휙휙 지나갔다.

'이건……'

기억이 잘리는 것이 아니었다.

그냥 말 그대로 눈앞의 것들이 빠르게 스쳐 지나가고 있었다. 한 걸음에 높은 건물로 뛰어올라가고, 다시 한 걸음에 다른 건물의 지붕을 밟고, 저 옆 도로에 달리는 차보다도 빠르게 달리고 있었던 것이었다.

'지금 나는 어디로 가는 거지? 아~.'

이내 익숙한 풍경이 눈에 들어왔다.

그리고 눈앞에 자신의 집이 보였다.

'이 손가락으로 지문을 찍을 수 있을까?'

지문 인식 현관 도어록을 떠올렸다.

그의 걱정이 무색하리만큼 박현은 강철 문을 부수듯 뜯어버리고 집 안으로 들어갔다. 그리고 지금, 거대한 몸집의 백호, 박현은 자신의 집 소파에 우두커니 앉아 있었다.

'이제 뭐하지?'

문득 든 생각.

창문 너머로 어두컴컴한 밤이 눈에 들어왔다.

'아—, 자야지.'

박현은 자리에서 일어나며 무심결에 거울을 쳐다보았다.

그곳에는 한 마리 호랑이가 서 있었다.

'......!'

그의 몸은 얼음처럼 굳어졌다.

그러나 그것도 잠시.

사박— 사박— 사박—

미세한 소음에 박현의 귀가 팔랑거렸다.

'다섯? 아니 여섯, 일곱, 여덟……, 스물 하나.'

자신의 집으로 스며드는 이의 숫자가 느껴졌다.

어떻게?

모른다.

그냥 숨 쉬는 것처럼 느껴졌다고 해야 할까?

미약하지만 살갗을 에는 살기, 그리고 적의.

무어라고 해야 하나…….

감히 나를 사냥해?

내가 아니라? 너희가?

분노가 일어나고, 그로 인해 본능이 다시 이성을 집어삼켰다.

"크르르르."

사냥은 너희가 하는 게 아니라 내가 하는 거다.

호랑이의 사냥.

박현은 살기를 죽이며 은밀하게 어둠 속으로 몸을 숨겼다.

　　　　*　　　*　　　*

어둠이 내려앉은 밤.

한적한 도로에 흔히 볼 수 있는 은색 봉고가 서 있었다. 그 차 안에는 흡사 경찰특공대처럼 검은 군복을 입은 열한 명의 한성그룹 정보4팀 1조 대원이 숨을 죽인 채 대기하고 있었다.

팀장 겸 1조장인 노병찬은 소매를 걷어 시계를 쳐다보았다.

초침과 분침이 정확히 12를 가리켰을 때, 비니 모자를 눌러쓴 사내가 봉고에 다가와 보조석 창문을 가볍게 두들겼다.

사내의 얼굴을 확인한 노병찬 팀장은 창문을 내렸다.

"여전히 시간을 잘 지킵니다."

"이 바닥에서 먹고 살아가려면 당연한 거 아니겠소?"

팀 산걸(山傑)의 팀장 산걸이 넉살 좋은 웃음을 지어 보였다. 둘은 몇 차례 의뢰를 통해 안면이 있기에 대화는 부드럽게 이어졌다.

"팀원들은?"

노병찬 팀장은 차에서 내렸다.

"대기하고 있소."

"좋군."

"그래, 무슨 의뢰이기에 내용마저 가르쳐 주지 않는 것이오?"

아울러 의뢰비 또한 통상적인 금액보다 곱절 이상이나 많았기에 산걸은 조금은 딱딱해진 목소리로 물었다.

"반신(半神) 하나를 생포하는 일이오."

반신, 반인반신(半人半神)을 뜻하는 말이었다.

"생포?"

산걸의 눈매가 가늘어졌다.

"그렇소."

"생포라……."

"가능하다면 상처 없이."

"……."

이어 산걸의 미간이 슬쩍 찌푸려졌다.

"불가피한 상황이 발생한다면 어쩔 수야 없지만."

노병찬 팀장이 마지막 단어에 힘을 주었다.

"경중에 따라 보너스를 지급하겠소."

이어진 말에 산걸의 눈빛이 반짝였다.

"얼마나?"

"자잘한 상처는 논외로 치고 온전히 생포한다면 의뢰비만큼 드리겠소. 나머지는 알아서 판단하시고."

어떤 용병팀이든 팀 전체가 움직이는 의뢰비는 만만치 않다. 비록 팀 산걸처럼 소수 정예 팀일지라도. 거기에 곱절로 들어온 의뢰비. 성공 보수가 다시 곱절이란다.

이 정도의 액수라면 족히 일 년은 놀고먹어도 될 액수다.

서로의 신뢰가 쌓여 있기에 이만한 거래가 이루어진다지만, 한성그룹이 이만한 거금까지 써가며 탈피조차 못한 반인을 생포한다?

무슨 이유인지 대략적으로 그림이 그려졌다.

마르지 않는 우물.

신약이리라.

신약(新藥)이 아닌 신약(神藥).

"본 팀이 파악하기로는 아직 탈피를 하지 못한 듯하오. 허나 확실한 것은 아니오."

"흠."

산결 팀장의 묵직한 신음.

"영원한 비밀, 그 조건이요."

팀 산결에는 무인들이 다수지만, 반신들도 있다.

무인들이야 그다지 신경을 쓰지 않겠지만 반신들은 조금 다를 수 있다.

"세 배."

팀 산결이 묵직한 목소리로 말했다.

"좋소."

그 눈빛에 노병찬 팀장이 고개를 끄덕였다.

"대신……."

"걱정 마시오."

노병찬 팀장은 몇 마디 덧붙이려다가 입을 닫았다.

팀 산결은 아웃사이더, 외인(外人)으로 구성된 용병팀이었다.

아웃사이더, 외인들은 바깥세상에서도 밖을 사는 이들.

이면의 세상에서 자의든 타의든 밀려난 이들이었다.

이면의 세상은 말 그대로 무법지대, 현실의 법이 통하지 않고 자비도 없는 약육강식의 세상이다.

어느 곳에도 얽매이기를 거부하고 자의적으로 외인이 된 이들도 없지는 않지만, 대부분은 어느 곳에도 정착할 수 없을 정도로 문제가 있거나 혹은 문제를 일으켜 어쩔 수 없이 외인이 된 이들이 부지기수였다.

밖에서도 밖에 사는 그들이 선택할 수 있는 직업은 그다지 많지 않았기에 대부분 좋든 싫든 용병으로서 삶을 살아간다.

용병 일이라는 것이 대부분 거칠고 불법적인 일들이 태반이기에 어쩌면 그들과 잘 어울리기도 하였다. 뭐 이런 것들이 좋아 외인이 된 이들도 은근히 많기는 하다.

어찌 되었든, 팀 산결은 소수 정예의 특급 용병단이었다. 그 수가 딱 열 명이지만 한국 내 용병팀 중 수위를 다투는 A급 용병단이다.

팀 산결이 용병계에서 수위를 다투는 이유는 그들이 가진 힘도 힘이지만 그보다 철저한 보안과 팀웍, 그리고 신용이 뛰어나기 때문이었다.

"우리의 룰을 잘 아시지 않소."

"산 팀장을 못 믿는 게 아니오. 그대의 팀원들과 그들이 혹할 돈을 못 믿는 거지."

"내 단단히 단도리하리다."

"건물도요."

본건이 마무리되자 노병찬 팀장은 주머니에서 자그만 종이를 꺼내들었다.

"언제나처럼 우리는 백업이요."

위험한 일과 지저분한 일은 모두 팀 산결의 몫.

그다지 특별한 일도 아니었다.

정당하고 명분이 있다면 흔히 무림이라 일컬어지는 검계(劍契)나 반신들의 봉황회(鳳凰會)를 통하지 용병들을 쓸 이유가 없으니까.

노병찬 팀장은 시계를 보았다.

분침이 10분을 가리키고 있었다.

"30분 정각에 시행합시다."

"좋소."

산결은 홀가분한 얼굴로 가벼운 미소를 지으며 돌아섰다.

째깍, 째깍, 째깍.

고요한 밤에 손목시계의 초침만이 부지런히 돌고 있었다.

분침이 정확히 30 위에 놓이고 초침이 정확히 12자를 가리키자.

팍!

가로등 불빛이 일제히 꺼졌다.

멍— 멍— 멍멍멍!

몇 집 건너 어느 주택에서 개 짖는 소리가 들려왔지만 얼마 가지 않아 잠잠해졌다.

파박!

팀 산결의 용병 열 명이 주택 담장을 넘었고, 약간의 시간차를 두고 정보4팀이 뒤를 따랐다.

정보 4팀 팀원들은 노병찬의 지휘에 2인 1조로 탈출이 용이한 창문이나 문 앞을 점거했다. 팀 산결의 팀원이 문을 따려다가 부서진 도어락을 보자 재빨리 팀장 산결을 불렀다.

탐장 산결은 팀원을 뒤로 물린 뒤 내력으로 청력을 끌어올리며 문에 귀를 가져갔다.

인기척이 느껴지지 않았다.

팀장 산결은 노병찬 팀장에게로 다가갔다.

"도어락이 부서져 있소."

그 말에 노병찬 팀장의 미간에 깊은 주름이 그어졌다.

"잠시 대기."

노병찬 팀장은 무전기를 열었다.

"막내야."

《칙—, 예, 팀장님.》

"목표 확인했다 하지 않았나?"

《확인했습니다. 칙—.》

"확실해?"

《……그게, 그가 들어가는 것을 두 눈으로 확인하지는 못했습니다.》

노병찬 팀장은 입술을 지그시 깨물었다.

《하지만 커튼 사이로 그림자를 확인했습니다.》

"너 이 새……."

노병찬 팀장은 순간 목소리가 높아지려는 것을 느끼자 다급히 입을 다물었다.

"어떻게 합니까?"

팀장 산걸이 물었다.

"집 안에 한 명이 있소. 문제는 목표일지 아닐지 모르오."

"흠."

팀장 산걸은 그 말에 불 꺼진 주택을 바라보았다.

"집 안에서 움직임은 어떻다 하오?"

노병찬 팀장은 그 말에 눈빛을 반짝이며 다시 무전기를 들었다.

"그림자의 행동은 어쨌나?"

《무언가 뒤진다거나 이상해 보이는 움직임은 없었습니다. 익숙한 듯 자연스러웠습니다. 다만…….》

"다만?"

《집 안에서 불을 한 번도 켜지 않았습니다.》

불을 켜지 않고 자연스럽다.

불을 밝히지 않아도 될 정도로 집안 구조를 잘 알고 있다는 뜻이다.

목표이거나 집을 자주 드나들 정도로 아주 가까운 사이.

하지만 그의 집에 드나드는 이는 없다.

도어락이 부서진 것이 이상하기는 하지만 목표일 확률이 크다.

"일단 작전대로 진행합시다."

노병찬의 말이 떨어지자 팀장 산걸은 고개를 끄덕이며 다시 팀원을 모았다.

팀장 산걸이 팀원들을 보며 고개를 끄덕이자 팀 산걸 팀원들은 살기를 번뜩이며 칼을 뽑아들었다. 그리고 조용히 문을 열었다.

그들은 곧바로 안으로 들어가지 않고 집 안을 향해 귀를 기울였다.

그러기를 대략 5분.

아무런 기척도 들리지 않았다.

'거실에는 아무도 없군.'

팀장 산걸의 수신호에 팀원들은 흡사 귀신처럼 주택 안으로 스며들었다. 인기척이 없었지만 팀장 산걸은 눈으로 거실을 확인한 뒤 수신호를 보냈다.

미리 약속된 작전에 따라 팀원들이 빠르게 각자 맡은 방으로 흩어지는 순간. 거대하고 흉포한 기운이 그들을 덮쳤다.

"흡!"

엄청난 살기에 팀장 산걸을 비롯해 대부분의 팀원들의 몸이 경직되었다.

그 사이로 거구의 하얀 그림자가 뛰어들었다.

서걱— 콰직— 서걱!

네 줄기의 핏줄기가 사방을 튀었고,

"킥!"

콰당—, 콰당탕탕탕!

"으아악!"

"크윽!"

고통에 찬 신음과 함께 네댓 명의 팀원이 쓰러지거나 강한 힘을 이기지 못하고 벽으로 날아가 부딪혔다.

눈 깜짝할 사이였다.

"크르르르!"

살기를 뿌려대는 거대한 하얀 그림자, 그건 호랑이였다.

그것도 새하얀 호랑이.

'백호?'

팀장 산걸의 두 눈은 눈앞에 선 백호, 박현의 모습에 화등잔처럼 부릅떠졌다. 눈이 마주치는 순간 올가미에라도 걸린 듯 몸이 굳어졌다.

하지만 팀 산걸을 이끄는 산걸.

"갈!"

특급 용병답게 그는 기합으로 몸을 짓누르는 무형의 압박을 단숨에 털어버렸다.

그리고는 빗살처럼 그의 품으로 달려들며 검을 휘둘렀다.

쐐애애액—

'베었……, ……!'

카가가가각!

그의 검날과 박현의 하얀 털 사이에 푸른 불꽃이 튀었다. 마치 쇠로 만들어진 그물을 그은 듯한 소리와 불꽃이었다. 급박함에 검에 내력을 싣지 못했다 하지만 그렇다고 검이 결코 가볍지만은 않다.

찰나에 만들어진 빈틈을 박현은 놓치지 않았다.

박현이 팀장 산걸의 복부를 발로 걷어차 올린 것이었다.

쾅!

팀장 산걸은 구겨진 종잇장처럼 날아가 벽에 부딪히고 바닥으로 떨어졌다.

"캬하아악!"

"크아앙!"

그 사이에 팀 산걸 팀원 둘이 육신을 찢으며 변신했다.

장산범[5]과 금돼지[6]였다.

"크허어엉!"

하얗고 긴 털의 범이 울음을 흘렸고,

"꾸륵, 쿠르르륵!"

큼지막한 금빛 돼지가 육중한 힘을 드러냈다.

그러나!

"크허어엉!"

박현이 포악한 울음을 터트리자, 그를 향해 달려들던 장산범과 금돼지의 몸은 석상처럼 굳어져 버렸다.

마치 고양이 앞에 선 쥐새끼처럼, 단숨에 그들의 몸은 공포로 물들어 버린 것이었다.

박현은 바닥에 바싹 엎드려 있던 장산범의 허리를 발로 찍어 밟는 동시에 엉거주춤 서 있던 금돼지의 목을 날카로운 발톱으로 그어 버렸다.

*용어

1) 대별왕: 천지왕(하날님, 하늘님 혹은 옥황상제)과 총명부인의 아들. 천지왕은 쌍둥이 형 대별왕에게는 이승을, 동생 소별왕에게는 저승을 다스리게 했다. 하지만 동생 소별왕의 시기와 속임수 내기에 져 이승을 물려주고 저승을 다스리게 된다.

2) 신제자: 신을 모시는 무당.

3) 성황신: 한 마을이나 한 지역의 수호신이자 지신(地神). 명계(冥界)의 지방행정관인 존재로, 죽은 사람의 사후를 인도한다.

4) 몸주: 강신무당이 자신의 몸의 주인, 즉 수호신으로 섬기는 신. 무당에게 내려 공수하여 길흉화복을 알려준다. 하여 무당은 몸주를 위해 신단을 꾸려 극진히 모신다.

5) 장산범: 하얗고 가늘고 긴 털을 가진 요괴. 네 발로 걷는 것이 아니라 기어다니는 형태로 이동한다 하여 와호(臥虎)라 불리기도 한다. 주요 목격지는 부산 해운대구에 위치한 '장산'이라 장산범이라 불린다. 북

청사자 놀이의 사자탈이 장산범과 생김새가 비슷하다.

6) 금돼지: 금빛 털을 지닌 돼지 형상의 반인반괴. 전승에 따르면 마산 앞바다 월영도라는 섬에 사는 식인요괴로, ·각종 도술과 변신술에 능할 뿐만 아니라 힘도 세다. 서유기의 저팔계와 비슷한 모습. 여자를 밝혀 젊은 부녀자를 납치를 해가며, 그로 인해 아이가 태어나기도 한다. 통일 신라 최지원이 금돼지와 사람 사이에 태어난 반 요괴라는 설이 있다.

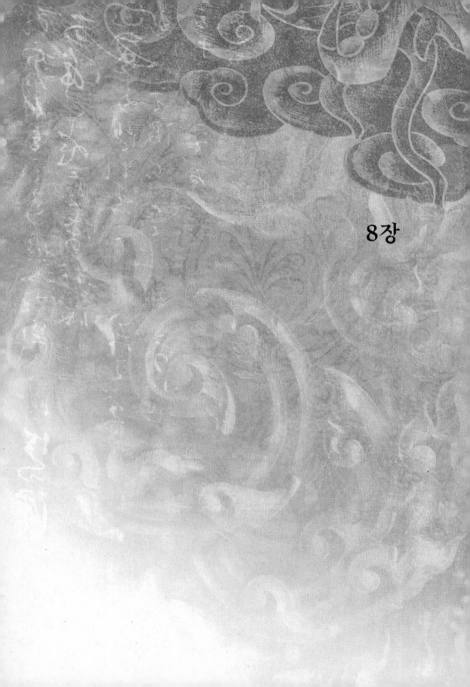

8장

팀 산걸이 주택 안으로 돌입하는 동시에 노병찬 팀장은 지붕으로 뛰어올라 갔다. 그리고 품에서 한 장의 부적을 꺼내들었다. 양손으로 부적을 감싸며 내력을 부적으로 밀어 넣었다.

후우웅—

부적이 스스로 울음을 만들자 노병찬 팀장은 부적을 지붕 바닥에 붙였다.

파하악—

부적을 중심으로 기의 파동이 퍼져나가며 주택을 휘감았다.

"후우—."

노병찬 팀장이 허리를 펴는 순간.

"크허어엉!"

커다란 울음이 터졌다.

수초만 늦었어도 고요한 새벽 정적이 깨졌으리라.

안도를 느낄 여유도 없이 무전기를 들며 리시버를 더욱 밀착시켰다.

"상황 보고."

《이상 무.》

《이상 무.》

《이상 무.》

재빠르게 상황 보고가 이어졌다.

적어도 소란이 주택 밖으로 이어지지는 않았다는 뜻.

"전원 전투 준비."

노병찬은 명령을 내린 후 주택 정원으로 뛰어내렸다.

와장창창창—.

정원으로 이어지는 거실 커다란 창문이 깨지며 피칠 가득한 사내가 튕겨져 나왔다.

정보4팀 대원 하나가 재빨리 사내에게 다가가 그를 살폈다. 이미 사망한 듯 손을 목으로 가져간 대원은 이내 고개를 절레절레 저었다.

쾅!

북소리처럼 묵직한 파음과 함께 피에 절은 또 다른 사내가 창문 밖으로 튕겨져 나왔다.

"쿨럭!"

그 사내는 재빨리 몸을 일으켰지만 검은 피를 토해냈다.

"산 팀장."

얼굴이며 가슴이며, 팔이며 깊은 상흔을 입은 이는 바로 팀 산걸의 팀장이었다.

"노 팀장. 피하……."

팀장 산걸은 말을 끝마치지 못하고는 다시 검을 들어야만 했다.

"죽엇!"

팀장 산걸은 눈에서 독기를 풀풀 날리며 검을 휘둘렀다.

후우우웅—

그의 검이 파르르 떨리며 푸르스름한 빛을 뿜어냈다. 그 빛은 하늘에서 떨어지는 유성처럼 반월의 푸른 궤적을 그리며 박현의 몸을 베어 갔다.

서걱!

팀장 산걸의 검은 백호의 어깨를 베었고, 그로 인해 푸른 궤적에 핏물이 더해졌다.

제법 깊어 보이는 검상에도 아랑곳하지 않고 박현은 그

의 머리를 앞발로 후려쳤다.

빠각!

뼈가 부러지는 소리와 함께 팀장 산결의 몸은 마치 쳇바퀴처럼 그 자리에서 두어 바퀴 돌며 땅바닥에 처박혔다. 목뼈가 부러진 듯 팀장 산결의 머리와 몸은 기괴하게 접혀 있었다.

"크르르르르!"

그걸로도 화가 풀리지 않은 듯 박현은 그의 머리를 발로 밟아 으깨버리며 주변을 향해 시퍼런 어금니를 드러냈다.

잔뜩 화가 난 모습.

박현의 새하얀 털은 붉게 물들어 있었다.

제법 중한 상처들도 여럿 보였다.

노병찬 팀장의 눈매가 가늘어졌다.

탈피를 했다는 사실보다 그의 진체가 백호라는 사실에 경악을 금치 못했다. 백호는 반신 중에서도 수좌를 다툴 정도로 급 자체가 다르다.

이대로 물러날 것인가?

아니면 무리를 하더라도 잡을 것인가?

"크허어어…… 컹!"

주위를 향해 다시 울음을 터트리던 박현은 찰나지만 눈이 풀리며 무릎이 얕게나마 꺾였다. 그런 그의 등 뒤로 두 개의 주사기가 노병찬 팀장의 눈에 들어왔다.

마취.

백호라는 것이 마음에 걸리지만 갓 탈피한 존재.

거기에 상처 입고 약에 취했다면 해 볼 만하다는 생각이 들었다.

또한 혼자라면 부담스럽지만 팀원과 함께라면.

"발포!"

짧게 떨어진 명령에 팀원 하나가 족히 어린 아이만 한 소구경 대포를 발사했다.

펑! 촤라라락—

포탄음과 함께 거뭇한 쇠그물이 활짝 펼쳐지며 날아가 박현의 몸을 덮쳤다. 그 힘을 이기지 못한 듯 박현은 쇠그물과 함께 뒤로 2~3m 밀려나며 바닥으로 엎어졌다.

"2포!"

이어진 명에 반대편에서 포음과 함께 쇠그물이 날아와 박현의 몸을 다시금 에워쌌다.

챙!

노병찬 팀장은 등에서 두껍고 날카로운 칼날이 번뜩이는 직도를 뽑아들었다.

"크하아앙!"

이중으로 쳐진 쇠그물 안에서 몸부림치는 박현을 향해

신중하게 걸음을 옮겼다.

챙— 크그극 차장—

박현은 순수한 힘으로 쇠그물을 뜯어 발기며 몸을 일으켜 세우기 시작했다.

노병찬 팀장은 빠르게 다가서며 쇠그물 사이로 직도를 찔렀다.

푹!

직도는 정확히 박현의 허벅지를 관통했다.

쿵!

반쯤 몸을 일으켜 세운 박현은 허벅지에 힘이 빠지며 다시 무릎을 바닥에 찧으며 주저앉았다.

"크르르르르!"

박현은 노병찬 팀장의 눈을 마주치며 낮게 울음을 삼켰다. 결코 고통에 찬 신음이 아니었다.

섬뜩한 눈빛에 노병찬 팀장은 저도 모르게 움찔거리며 직도를 놓은 채 뒤로 한 걸음 물러났다.

푹— 푹— 푹!

세 자루의 검이 박현의 등과 배에 꽂혔다.

그때마다 박현의 몸이 움찔움찔거렸다. 엄청난 고통이 있을 법한데도 그는 고통을 밖으로 드러내지 않았다. 여전히 노병찬 팀장과 눈을 직시하며 다시 몸을 일으켜 세웠다.

"다들 뭐해? 더 이상 일어나지 못하게 쇠그물을 눌러! 마취 총 쏴!"

피슉—

정보4팀 팀원들은 일제히 달려들어 쇠그물 가장 자리를 눌렀고, 대원 하나는 긴 쇠파이프처럼 생긴 총으로 마취탄을 쏘았다.

"크르르르르."

박현은 그 와중에도 쇠그물 가닥을 하나둘 끊어내며 몸을 일으켜 세워나갔다.

"쓰벌."

누군가의 입에서 터져 나온 육두문자.

그도 그럴 것이 쇠그물은 단순히 쇠로 만든 그물이 아니었다. 강철의 몇 배가 되는 합금으로 만든 쇠사슬이었다. 듣기로는 이면의 세계에서만 아주 소수 유통되는, 전설의 금속의 이름으로 명명된 아만티움, 혹은 한철(寒鐵)이라 불리는 금속도 사용되었다고 들었다.

후드득— 드드득!

그런 쇠그물이 찢어지고 있었던 것이다.

"팀장님. 이대로는 답이 없습니다."

팀원 하나가 쇠그물을 누르다 반쯤 몸을 일으킨 박현의 모습에 이를 악물고 허벅지에서 단검을 뽑아들었다. 그리고 그의 등으로 올라타 어깨를 내려찍었다.

"크허어어엉!"

박현은 몸을 세차게 비틀어 등에 탄 팀원을 떨어트리고는 엄청난 포효를 터트리며 단숨에 쇠그물을 찢어발겼다.

쇠그물이 그저 종잇장처럼 찢어지지는 않았다. 쇠그물을 찢은 그의 손가락과 발톱은 짓이겨지고 틀어져 피투성이가 되어 있었다.

퍼석!

박현은 자유를 찾자마자 자신의 어깨에 단검을 찍었던 대원의 머리를 단숨에 밟아 부숴 버렸다.

"크르르르르르!"

그 모습에 팀원들이 화들짝 재빨리 뒤로 물러나며 일제히 검을 들어올렸다.

하지만 그의 몸은 조금 전 포효와는 어울리지 않게 거친 숨으로 인해 어깨가 들썩거리고 있었다. 더불어 자세히 살펴보니 팔과 다리에도 잔경련이 일고 있었던 것이었다.

"마취탄 쏴!"

노병찬 팀장은 그 순간을 놓치지 않고 명령을 내렸다.

피슉!

격발음에 박현이 반사적으로 손을 휘저었다. 마취탄은 그런 그의 팔뚝에 박혔다.

"크하아앙!"

박현은 마취탄을 거칠게 뽑아버리며 정보4팀을 향해 거칠게 앞발을 휘둘렀다.

"시간을 끌어라. 등으로 마취탄 두 발 더 쏴!"

피슉— 피슉!

노병찬 팀장의 명에 마취탄 두 발이 박현의 등에 꽂혔다.

"크허어엉!"

박현은 등에 꽂힌 마취탄을 뽑기 위해 손을 휘저었지만 그의 손은 마취탄에 닿지 않았다.

쑤아아아악— 콰콱— 쑤아아악!

박현은 더욱 거칠게 사방으로 날뛰었지만 정보4팀은 철저하게 방어로 일관했다. 급격하게 움직여서일까, 생각보다 마취 기운이 빠르게 그의 몸을 잠식해 들어갔다.

마취 기운이 돌기 시작하자 박현의 몸은 느려지기 시작했고, 매섭던 날카로움도 무뎌져 갔다.

마취 기운에 본성이 사그라지자 흉포함만으로 가득 차 있던 그의 눈동자에 미세하지만 이지가 피어났다.

이성은 상황을 적절하게 파악했고, 이대로는 그저 날뛰다가 적에게 사로잡힌다는 것을 인지했다.

'탈출?'

과연 쉬울까?

악에 받혔지만 냉정하게 조여 오는 적을 보니 쉽지 않아
보인다.

　'찾아라, 방법을. 분명 방법이 있을 것이야.'

　어린 나이에 피로 점철된 거친 뒷골목에 던져지고도 살
아남았다. 잔혹한 칼 밥 속에서 기어이 일산의 밤을 지배한
것이 바로…….

　'나, 암호야!'

　악과 독기로 버텨온 나날.

　그 악과 독기가 그를 휘감았다.

　그런 박현의 눈에 두 구의 시체가 보였다.

　장산범, 그리고 금돼지.

　동시에 겹쳐진 기억.

　두억시니, 그리고 그들의 피.

　박현은 아슬아슬하게 이성을 움켜잡은 채 가장 가까운
곳에 쓰러져 있는 장산범에게로 돌진했다.

　"쌍!"

　"괜찮아. 마지막 발악이야. 도주로만 막아!"

　2인 1조로 막아서던 팀원이 적당히 뒤로 물러나며 도주
로만 막아섰다.

　"……!"

　"뭐, 뭐야!"

단숨에 자신들을 덮쳐오던 박현이 갑자기 몸을 틀어 죽은 반신, 장산범의 시체로 달려든 것이었다.

잠시 눈을 껌뻑이며 상황을 파악하려고 애쓰는 사이.

푸학!

박현은 장산범의 머리를 움켜잡아 들어 올리고는 목을 찢어 피와 함께 그의 몸에 남겨진 신력을 집어삼켰다.

"어? 어어?"

우물쭈물하는 사이 장산범의 몸은 급속도로 바싹 말라갔고, 이내 윤기가 흐르던 하얀 털들이 퍼석해지며 후드득 바닥으로 떨어져 내렸다.

그 털들은 땅에 닿기도 푸른 연기로 화해 사라졌다.

털들이 모두 푸른 연기가 되어 사라질 때쯤.

퍽!

북 가죽이 터지는 듯한 소리와 함께 장산범의 시체도 사라졌다.

"크흐읍! 쿠하아아아!"

들숨 후 깊은 날숨을 내뱉자,

챙그랑!

그이 몸에 꽂혀 있던 단검이 저절로 밀려 뽑혀나갔고, 붉은 피가 흐르던 상흔이 빠르게 아물었다.

마취약이 상상 이상으로 독하고, 상처가 워낙 깊어 그의 몸은 온전히 치유되지는 않았지만 적어도 활동하는 데 불편함은 많이 사라졌다.

"크하아아앙!"

장산범이 남긴 신력으로 마취 기운을 몰아내자 다시 본능이 그의 몸을 차지했다. 그리고 본능은 오로지 핏빛 살육만을 떠올리고 있었다.

쾅!

백호, 박현은 포효와 함께 시퍼런 발톱을 세우고 단숨에 정보4팀 사이로 뛰어들었다.

*　　　*　　　*

"으음."

눈꺼풀로 스며드는 따가운 햇살에 박현은 눈살을 찌푸리며 눈을 떴다.

"음?"

눈을 뜨자 가장 먼저 눈에 들어온 것은 바로 파란 하늘이었다. 고개를 돌려보니 익숙한 자신의 집이 눈에 들어왔다. 잠시 눈을 껌뻑이며 잠을 쫓은 박현은 이내 축축함을 느꼈다.

'뭐지?'

왜 내가 침실 침대를 놔두고 마당에서 자고 있었지, 라는 생각과 함께 몸을 일으켜 세웠다.

"윽!"

어깨며 등이며 허벅지, 배에서 느껴지는 고통에 박현은 순간 신음을 토해냈다.

특히 복부에서 느껴지는 고통에 저도 모르게 손을 가져 갔다.

축축함이 느껴졌다.

이슬이라고 느껴졌던 축축함이 뭔가 이질적으로 다가왔 다. 뭔가 질척거린다고 해야 할까? 이상함에 배에 가져갔 던 손을 펼쳐보았다.

붉은 피.

정신을 차리고 느껴지는 축축함의 원인이 다름 아닌 피 였던 것이다.

화들짝 정신을 차린 박현은 복부를 살폈다.

깊은 상처가 눈에 들어왔다.

'칼?'

하지만 피는 자신의 것이 아니었다.

분명 어제만 해도 멀쩡했던 배에 큰 상처가 생겼다. 그 런데 그 상처는 며칠 전에 생겼던 것처럼 어느 정도 아물어 가고 있었던 것이었다.

몸 곳곳을 살폈다.

자신이 볼 수 없는 등을 제외하고 욱신거리는 부분을 살폈다. 아니나 다를까, 아물어 가는 깊은 상처가 몸 곳곳에 나 있었다.

'뭐야?'

박현은 재빨리 주변을 살폈다.

"썅!"

순간 그의 입에서 욕설이 튀어나왔다.

청록의 푸른 잔디가 붉게 변해 있었다.

마치 붉은 페인트를 흩뿌려 놓은 것처럼, 그리고 당연히 그 붉은 것은 피였다.

그리고 피밭에 십수 명의 시신이 쓰러져 있었다.

상황 파악이 되지 않았다.

하지만 머뭇거릴 시간은 없었다. 누군가 보기 전에 수습해야 한다.

박현은 서둘러 왼손을 들어올렸다.

항상 차고 있던 시계가 보이지 않았다.

아니, 손목에는 찢어진 소매 자락이 넝마가 되어 걸려 있었던 것이다. 그러고 보니 상의도 하의도 전부 찢어지고 몇 조각만이 겨우 몸에 걸쳐져 있었다.

서둘러 하늘에 해를 찾았다.

갓 머리를 내민 것을 보면 갓 새벽을 지난 것 같았다.

박현은 머리를 세차게 흔들어 온갖 잡념을 털며 서둘러 집으로 향했다.

'쓰벌.'

욕이 나오지 않으려야 안 나올 수가 없었다.

정문 전자키는 부서져 있었고, 거실 또한 피 바다에 시신 몇 구가 널브러져 있었던 것이었다. 그리고 마당이 훤히 보이는 커다란 통유리 또한 깨져 있었다.

박현은 입술을 질끈 깨물며 서재로 향했다.

급히 책장 중간 부분을 던지듯 책을 뽑아 던진 후 그 뒤에 숨겨진 금고를 열었다.

재빨리 금고 안 휴대폰을 하나 꺼내 1번 키를 꾹 눌렀다.

한참이나 신호가 가고 나서.

"여보세요."

자다 받은 듯 일청파 두목 양두희의 목소리는 나른했다.

"양 회장, 나야."

"⋯⋯이 시간에 어쩐 일로?"

박현의 목소리에 정신을 차린 듯 목소리는 또렷해졌다.

"양 회장, 건설 회사 하나 가지고 있지?"

"그렇습니다."

"건설 회사 직원들 지금 즉시 내 집으로 보내."

"……이유를 물어봐도 되겠습니까?"

"우리 집에 정체를 알 수 없는 이들이 십수 명이 죽어있다. 집 안이며 마당이며 온통 피바다야."

"……."

잠시간의 정적.

"알겠습니다. 두철이를 보내겠습니다."

"내 이 보답은 따로 하지."

"아닙니다. 서둘러 보내겠습니다."

"그래."

통화를 마치고 박현은 서재 의자에 털썩 주저앉았다.

양손으로 얼굴을 벅벅 문댔다.

'도대체 어제 무슨 일이 있었던 거야?'

아무리 기억을 떠올려 봐도 필름이 끊긴 것처럼 어젯밤 기억은 하나도 없었다. 박현이 떠올린 기억은 인신매매단을 찾아 창고부지로 간 것이 끝이었다.

거기서부터 기억이 희미해져 있었다.

'인신매매단 녀석들과 부딪힌 거 같은데.'

그들의 피가 창고를 적셨으면 적셨지 자신의 집에서 피를 뿌렸을 리는 없었다.

그리고 숫자도 맞지 않았다.

'답답하군.'

띵똥—

초인종 소리에 박현은 고개를 들었다.

어느새 40분 쯤 시간이 흘러 있었다.

거실로 나가니 이미 외부에 공사장 가림막이 설치되고 있었다. 인터폰에는 강두철이 서 있었다.

박현은 대문을 열어주고는 마당으로 나갔다.

"이……."

강두철은 박현에게 인사를 건네려 입을 열었지만 말을 끝까지 잇지 못했다.

"정문 빨리 막아."

강두철은 재빨리 정신을 차리고 정문도 가리게 했다.

"어떻게 된 일입니까?"

"나도 몰라."

"예?"

"정신을 차리고 보니 이 상황이더군."

강두철은 박현의 굳은 표정을 보며 그 자신도 얼굴을 굳혔다.

"처리할 수 있겠나?"

"예상보다 숫자가 많아 놀라기는 했지만 가능합니다."

"고생 좀 해줘."

"일단 좀 씻으셔야 할 듯싶습니다."

강두철은 피를 온몸에 두른 박현을 보며 말했다.

"그렇군."

박현은 손에 묻은 피딱지를 보며 고개를 끄덕였다.

옷을 벗고 욕실로 들어간 박현은 거울에 비친 자신의 모습을 보았다. 온몸에 상처며 피며 가관이었다.

다시 기억을 떠올려 봤지만 여전히 아무런 것도 떠오르지 않았다.

고민이 깊어져 봐야 당장 답이 없고, 출근도 해야 했기에 박현은 일단 뜨거운 물로 샤워를 하고 평상복으로 갈아입었다.

거실로 나오니 강두철이 심각한 얼굴로 살펴보고 있었다.

"드릴 말씀이 있습니다."

"힘든가?"

"쉽지 않을 거 같습니다. 그래서 말입니다."

"……?"

"차라리 허물고 다시 짓는 것은 어떻습니까?"

"허물고?"

박현은 거실과 마당을 쳐다보았다.

너무나도 많은 피가 뿌려져 있었다.

"할 수는 있지만 자칫……."

"그만 말해도 알아들어. 그렇게 해."

그다지 정든 집도 아니었다.

"집은 제가 알아보겠습니다."

"아니야. 지금도 위험해."

박현은 강두철과 마주서며 손가락으로 양쪽을 번갈아 가리켰다.

"아—."

"이것만 확실하게 처리해 줘."

"알겠습니다."

박현은 강두철의 어깨를 가볍게 두들긴 후 차고로 향했다.

2대 중 1대만 주차되어 있었다.

'다행히 차를 어디에 주차해 놓았는지는 기억에 있군.'

박현은 쓴웃음을 지으며 집을 나섰다.

택시를 타고 창고 부지로 온 박현은 차 문을 열고 운전석에 앉았다.

생각 같아서는 인신매매단이 있었던 창고로 가보고 싶지만 낮이라 보는 눈이 많았다. 어쩔 수 없이 밤까지 참을 수밖에 없었다.

＊　　　＊　　　＊

좁은 골목길을 사이에 두고 집집마다 대나무가 속속 올

라와 있었다. 그 대나무 깃발에는 알록달록 색색의 천이 휘날렸다.

신당 깃발 신대였다.

서울 화정에 자리한, 서울에서도 둘째 가라 하면 서러울 정도로 유명한 점집 혹은 무당 골목이었다.

흔히 무당 골목이라고는 하지만 무당만 있는 것은 아니었다.

역술가, 점술가, 관상가, 심지어는 타로 및 점성술까지 다양한 점집들이 모여 있었다. 다만 무당 깃발이 워낙 눈에 띄기도 하고, 점술 하면 보통 무당을 떠올리기에 무당골목으로 불린다.

"큼. 큼. 큼!"

그 골목길에 도깨비 서기원이 연신 불편한 듯 헛기침을 삼키며 걸어가고 있었다.

사방에서 압박해 들어오는 신기 때문이었다.

하지만 그나마 편히 걸을 수 있는 것은 진짜배기 무당 만신(萬神)[1]보다 잡신이나 허신을 모신 선무당이 더 많기 때문이었다.

이 골목길에 들어선 무당집이 전부 만신들로 채워졌다면 도깨비 서기원은 숨조차 재대로 쉬지 못했으리라.

"니미럴. 불편하게 왜 부르고 지랄이어야."

도깨비 서기원은 구시렁거리며 기분 나쁜 기운에서 빨리 벗어나고자 부지런히 발을 놀렸다.

"저기어야."

골목 가장 끝자락의 신대에는 특이하게도 형형색색이 아닌 단조로운 검은색과 흰색 무명천만 날리고 있었다.

"점 보러 왔는가?"

화장인지 분장인지 모를 얼굴 가득 허연 분칠을 한 여무당이 도깨비 서기원을 붙잡았다.

"저기 갈라고? 쯧쯧쯧."

오십은 되어 보이는 여무당은 도깨비 서기원과 하얗고 검은 무명천이 날리는 무당집 별왕당 현판을 번갈아 쳐다보며 혀를 찼다.

"거기 갈 거면 여기로 와."

"야?"

도깨비 서기원은 미간을 찌푸리며 반문했다.

"거기 선무당이야. 선무당도 높이 쳐준 거야. 어디 되도 않은 신을 모신다고. 에잉— 쯧쯧쯧."

여무당은 기분 나쁜 표정으로 별왕당을 노려보고는 다시 도깨비 서기원을 바라보았다.

"들어와. 싸게 해줄 테니."

그런 여무당의 모습에 도깨비 서기원은 피식 웃음을 삼

켰다.

　이 골목에서 가장 신력이 높은 곳을 꼽으라면 골목 중턱에 자리한 신녀당과 바로 이곳이었다.

　뭐 순수하게 신력만 따지자면 바로 별왕당이었지만.

　거기에 반해 재촉하는 여무당은.

　'물욕이 얼굴에 덕지덕지 달라붙었으니 그나마 있던 잡신 몸주도 떠나가겠어.'

　도깨비 서기원은 고개를 절레절레 저으며 별왕당 안으로 들어갔다.

　그 모습에 여무당의 눈초리가 사나와졌다.

　"카학— 퉷! 소금 뿌려라."

　그녀의 눈치를 살피던 신딸은 이런 일이 자주 있었다는 듯 얼른 준비된 소금을 뿌렸다.

　"도대체 만신 꽃신선녀께서는 감히 천신(天神)[2] 신단을 세우고 무가의 질서를 어지럽히는 저놈을 왜 그리 감싸고 도시는지. 도대체 이해할 수 없단 말이야. 에잉— 크흠!"

　여무당은 치맛자락을 획 젖히며 돌아서 들어갔다.

*용어

1) 만신: 여자 무당을 높여 부르는 말. 하지만 남자 무당인 박수무당 중에서도 격이 높은 이들을 만신이라 높여 부르기도 한다. 여자 무당을 부르는 호칭으로 무녀(巫女), 여무(女巫), 기자(祈者), 단골, 단골네 등이 있다.

2) 천신(天神): 무속 혹은 무교에서 신은 크게 천신 (天神), 지신(地神), 자연신(自然神), 인신(人神)으로 나뉜다. 이들 중 천신과 지신은 무당의 신단에 들어오지 않는다.

9장

별왕당 신당 중앙을 약간 빗겨난 곳에 박수무당 조완희가 무릎을 꿇고 앉아 있었다.

그의 맞은편에는 커다란 무속화가 걸려 있었다.

대별왕.

무속화의 주인은 바로 대별왕이었다.

그 아래 가로로 기다란 한 폭의 무속화에는 명부시왕(冥府什王)[1]이 그려져 있었다.

"크험. 조 박수 있어야?"

인기척에 박수무당 조완희는 조용히 눈을 뜨며 고개를 신당 밖으로 돌렸다.

"오셨는가?"

조완희는 도깨비 서기원을 보며 자리에서 일어났다.

"이쪽으로 오시게."

조완희는 서기원을 생각해 신당으로 향하는 여닫이문을 닫으며 마루로 나왔다.

"잠시 기다리시게. 내 차라도 한 잔 내오지."

"이왕이면 희멀건 곡주……."

서기원은 막걸리를 주문하다가 날이 시퍼런 조완희의 눈빛에 슬그머니 딴청을 피우며 입을 다셨다.

잠시 후, 조완희는 향긋한 녹차 두 잔을 내왔다.

"드시게."

"잘 먹어야. 그런데……."

서기원은 찻잔을 들며 조완희의 얼굴을 빤히 쳐다보았다.

"왜 그런가?"

"이상해야. 이상햐."

"뭐가 말인가?"

"거시기 그쪽 말투 말이어야."

"허엄!"

그 말에 조완희는 헛기침을 삼키며 녹차를 마셨다.

"몸주를 모신 신방이네."

그래서 조신하다는 말.

"아하―, 그래야. 뭐 이해해야."

서기원은 담담한 미소를 지으며 녹차를 입으로 가져갔다.

"그런데 왜 나를 불렀어야?"

서기원은 불편한 듯 목을 쓰다듬으며 물었다.

"이런, 내 미처 자네를 신경 쓰지 못했군. 미안허이."

"죽기야 하겠어야? 참을 만항께 너무 걱정하지 마야. 그나저나 나는 왜 불렀어야?"

서기원의 물음에 조완희는 굳은 표정으로 찻잔을 내려놓았다.

"얼마 전 검계에서 악신을 잡으러 간 적이 있어."

"악신?"

서기원의 낯이 찡그러졌다.

"어떤 잡놈이어야?"

"두억시니."

"혹시 그놈이어야?"

서기원도 그놈을 알고 있었던 듯 눈을 동그랗게 떴다가 이내 고개를 절레절레 저었다.

"그 말 할라고 부른 건 아닐 거고. 뭔데야?"

"자네 기억하나?"

"뭐를야?"

"왜 우리 새타니 잡을 적 말이야."

"오매. 내가 그걸 기억 못 하겠어야? 불과 얼마 전이잖아야."

"그때 웬 떨거……. 큼. 뭣도 모르고 끼어 든 형사 말일세. 기억하는가?"

서기원은 고개를 갸웃거리다가 무릎을 탁 쳤다.

"기억해야. 근디야?"

"하아―."

반문에 조완희는 얕은 한숨을 내쉬었다.

"어디서부터 이야기를 해야 하나?"

"그냥 본론만 이야기해야."

"검수단의 협조 요청에 두억시니를 잡으러 갔는데……, 두억시니는 이미 죽고 없더군."

"그래서야?"

"그래서 몸주이신 대별왕님의 위엄을 빌려 성황신을 접신했다네. 그리고 성황신의 눈과 귀로 상황을 지켜본바."

"지켜본바?"

"그 형사가 반신이더군."

서기원의 눈이 다시 동그랗게 떠졌다.

"바, 반신이어야?"

"그래."

"그때는 왜 몰랐을까야?"

서기원은 이래저래 그때를 떠올려봤지만, 당시 그에게서 신기를 전혀 느끼지 못했었다.

"탈피하지 않았으니까."

"야?"

"두억시니를 대면한 자리에서 탈피를 했더군."

"음마야. 그건 또 무슨 귀신 씻나락 까먹는 소리어야?"

"그리고 말일세."

"내가 또 놀랄 일이 있어야?"

"흠."

조완희는 입 안이 말랐는지 녹차로 입을 적신 후 다시 입을 열었다.

"백호의 피를 타고 났네."

챙그랑—

서기원은 멍한 표정을 지으며 들고 있던 찻잔을 떨어뜨렸다. 찻물이 바지를 적셨지만 인식조차 못하는 모습이었다.

"배, 백호야? 참말이어야? 내, 내 귀가 잘못된 것은 아니지야?"

서기원의 속사포 같은 말에 조완희는 묵묵히 고개를 끄덕였다.

"성황신의 눈으로 보면 흑백이라 접신 때는 몰랐지만 분명 백호, 백호가 분명해. 흑백의 색이 너무나도 깨끗했어."

“허어—.”

서기원은 들썩이던 엉덩이를 다시 바닥에 붙이며 멍하니 천장을 올려다보았다. 그러다 한숨을 푹 내쉬었다.

“난리 나겠어야.”

“한반도가?”

“아니야. 봉황회 말이어야.”

“그럴 수도 있겠군.”

조완희는 고개를 끄덕여 맞장구를 쳐주었다.

“이제 갓 탈피했다고야?”

그 질문에 조완희는 다시 고개를 끄덕였다.

“백호의 힘은 대단하더군. 갓 눈을 뜬 어린 놈이 두억시니를…….”

조완희는 고개를 절레절레 저었다.

“몸주께서는 어떤 공수²⁾를 내려주시지 않았어야?”

“한번 만나보라고 하더군.”

그 말에 서기원은 고개를 갸웃거렸다.

“진짜 그리 말했어야?”

“그렇다네.”

“흠.”

서기원은 팔짱을 끼며 침음했다.

“반신은 봉황 측의 신(神). 무턱대고 검계의 내가 만났다가는 일이 꼬일 수가 있어 그대를 불렀네."

"함께 만나자고야?"

"그렇다네. 내가 미친 팔미호(八尾狐)[3]년이랑 갈 수는 없지 않나."

"팔미호 년? 미랑이?"

"그래. 그년."

"으하하하하하하하!"

서기원은 큰 웃음을 터트렸다.

"가가 한 성깔 하기는 하야. 그래도 두고 보면 귀여운 구석도 있어야."

"헐."

조완희는 황당하다는 표정을 지으며 입을 쩍 벌렸다.

"일단 가 봐야. 나도 어찌 될라는지는 몰라도."

"그래, 일어나자."

조완희가 자리에서 일어나자 서기원도 함께 자리에서 일어났다.

"으메~ 바지는 언제 젖었다야?"

서기원은 축축한 바지를 손가락을 털며 울상을 지었다.

*   *   *

"뭐? 실패?"

비서실장 이규원의 보고에 한재규 회장의 얼굴이 일그러졌고, 목소리는 거칠었다.

"자세히!"

"팀 산결은 전멸했고, 정보4팀에서는 노병찬 팀장만이 간신히 살아서 탈출했다고 합니다. 다행히 밖에서 망을 보던 팀원이 재빨리 그를 피신시켰다고 합니다."

"그게 말이 되나?"

한재규 회장은 주먹을 억세게 말아 쥐며 물었다.

"분명 탈피도 못 한 반신이라고 하지 않았나?"

"그렇게 알고 준비를 했었다고 합니다."

"탈피가 아니다?"

"팀 산결과 정보4팀은 진체를 상대했다고 합니다. 노 팀장의 구두 보고에 의하면 탈피한 지 그리 오래되지 않아 보였다고 했습니다."

"그런데 생포는커녕 전멸을 당해?"

한재규는 기가 막힌 듯 등받이에 털썩 기댔다.

"진체가……."

"진체가."

"백호였다 합니다."

꾹!

한재규는 두 눈을 부릅뜨며 의자팔걸이를 움켜잡았다.

"탈피하기 전에 사로잡았어야 했는데."

한재규는 진한 아쉬움을 삼키며 다시 입을 열었다.

"흔적은? 확실히 지웠나?"

"노 팀장의 말에 의하면 본 그룹과 연관시킬 만한 그 어떤 것도 남기지 않았다고 했습니다."

"흠."

한재규는 고개를 끄덕였다.

"그래도 모르니까 당분간 경호 등급을 상향 조정하고 박현의 행동을 주시해."

"알겠습니다."

한재규는 그만 나가라는 뜻으로 손을 저으며 눈을 감았다.

*　　　*　　　*

"무슨 일 있으십니까?"

"음?"

한설린의 목소리에 박현은 고개를 돌렸다.

"무슨 일 있느냐고 물어봤습니다."

"없어."

"……."

한설린은 대강대강 대답하는 박현을 빤히 바라보았다.

"왜?"

"하루 종일 책상에서 멍하니 앉아 있었습니다."

"그런가?"

박현은 고개를 돌려 벽면에 걸린 시계를 쳐다보았다.

5시 반.

"퇴근할까?"

"네?"

박현은 자리에서 일어났다.

"먼저 퇴근한다. 너도 대충 퇴근해."

박현은 한설린의 어깨를 툭 치며 밖으로 나갔다.

♩ ~ ♪ ~ ♩ ~

벨소리에 한설린은 휴대폰을 집어들었다.

액정에는 '아버지'라는 글자가 적혀 있었다.

"아버지."

한설린은 얼른 자리에서 일어나 조용히 전화를 받았다.

"별 일 없으면 오늘 저녁이나 함께 먹자."

*　　　*　　　*

뒷문을 통해 주차장으로 나간 박현은 자신의 차로 다가 갔다. 차 문을 열고 막 차에 타려는 때, 낯선 둘이 그에게 다가왔다.

"박 형사님?"

박수무당 조완희와 도깨비 서기원이었다.

둘을 보자마자 불현듯 떠오른 하나의 기억.

순간 안색이 굳어졌지만 형사답게 빠르게 표정을 지웠다.

"누구신지……."

"우리는……."

"이야—, 누가 형사 아니랄까 봐, 표정 바꾸는 거 보쇼."

서기원이 먼저 입을 열었지만 조완희가 냉큼 말을 가로 챘다.

"그때는 속아 넘어갔지만, 지금은 아니야. 기억하는 거 다 알아."

"근데 말이 좀 짧다."

박현은 차 문을 다시 닫으며 입 꼬리를 말아 올렸다.

"쏴리~."

조완희는 합장하듯 양손을 들어 올리며 사과 아닌 사과 를 건넸다.

"그래서 다들 누구?"

"우리의 기운을 못 읽는 것을 보면 확실히 이면은 모르는 눈치네. 그지?"

"그래 보여야."

박현의 물음에 조완희는 서기원과 대화를 나눴다.

이면이라는 단어에 박현의 눈빛이 번뜩였고, 조완희는 그 눈빛을 놓치지 않았다.

"모르는데 모르는 게 아니네."

"모르는데 모르는……, 뭐가 그래 복잡다야."

서기원은 조완희의 말을 따라하며 고개를 갸웃거렸다.

"이 녀석, 이면의 존재를 알아. 눈치를 보아하니……, 자세한 건 몰라 보이고. 그치?"

조완희는 서기원에게 자세히 설명을 해 준 후 박현을 향해 씨익 웃음을 지어 보였다.

"오가다 주워듣기는 했지. 그런데 왜 내게 그런 말을 하지?"

"오메?"

"응?"

서기원과 조완희는 박현의 태도에 멍한 표정을 지었다.

"너……."

"나 뭐? 근데 왜 자꾸 반말이야? 어?"

박현은 둘에게 바투 다가가며 얼굴을 험악하게 굳혔다.

동시에 조완희의 얼굴이 일그러졌다.

"이 새끼 기억이 봉인되었다."

"오메, 어쩐다야."

서기원도 난감한 표정을 지어 보였다.

'기억이 봉인?'

아무것도 떠오르지 않는 어젯밤의 기억. 그게 봉인된 것
이라고?

박현은 한 걸음 더 다가가 조완희의 멱살을 잡아 당겼다.

"너 정체가 뭐야?"

"뭐야 갑자기."

"기억이 봉인되었다는 말은 또 뭐야?"

조완희는 멱살이 잡힌 채 서기원을 향해 고개를 홱 돌렸
다.

"똥 밟았다."

"나는 몰라야."

서기원은 어깨를 으쓱 들어 올리며 시선을 피했다.

*　　*　　*

"내가 뭘 그리 잘못했길래 여기를 또 왔다야."

도깨비 서기원은 툇마루에 앉아 신당을 힐끔힐끔 쳐다보
다가 신기한 듯 주변을 살펴보는 박현을 올려다보았다.

"정신 사나와야."

"무당이었어?"

박현은 턱으로 신당에 무릎을 꿇고 앉아있는 박수무당 조완희를 가리켰다.

"그래야."

"근데 표정이 왜 그 모양이야?"

어느 정도 구경을 마친 박현은 서기원 옆으로 앉으며 물었다.

"불편해야."

"불편? 하긴⋯⋯."

대문 옆으로 뾰족이 솟아오른 신대를 올려다보며 고개를 끄덕였다.

"하긴 나도 편하지는 않으니."

"너도 느껴야?"

박현의 말에 서기원의 표정이 환해졌다.

"음? 뭐⋯⋯."

사실 일반적인 사람이 평생 무당집을 몇 번이나 방문하겠는가.

"대별왕님의 기운이 어디 보통 기운이어야. 나는 여만 오면 요기가 턱턱 막혀야."

서기원은 가슴을 주먹으로 쿡쿡 내려쳤다.

"거기에 명부시왕까지 가끔 얼굴을 내미시니……."

그러다가 몸을 부르르 떨었다.

"오금이 다 저려야. 그래서 저놈이 대단해야. 그 높으신 분을 몸주로 모셨으니 말이어야."

뭔가 대화가 어긋나 있음을 느낀 박현은 그저 서기원을 보며 눈을 껌뻑껌뻑였다.

"근데 말투가 원래 그래?"

"내 말투가 어째서 그래야?"

"반말인 듯 아닌 듯 애매하네."

"그래야?"

"반말 같은데."

박현은 눈초리를 가늘게 만들며 서기원을 바라보았다.

"몇 살이야?"

"나야?"

"그래, 너."

"나 아직 어려야."

"그러니까 몇 살이냐고?"

"이제 삼백 갓 넘었어야."

"……응?"

박현은 잘못 알아들은 듯 눈을 깜빡이며 다시 되물었다.

"뭐라고?"

"삼백열다섯 살이어야."

서기원은 가슴을 쭉 내밀었다.

"그니까 내는 니한테 편히 말해도 되어야."

이어진 말과 함께 서기원은 뿌듯한 미소를 지었다.

"뭐? 와~ 이 미친, 또라이."

"우아아악!"

그때 신당 안에서 비명이 들려왔다.

갑자기 조완희가 신당 바닥을 떼굴떼굴 구르고 있었던 것이었다.

"……들."

박현은 자신의 말 뒤에 복수형을 덧붙였다.

"몸주께서 노하셨나 보다. 신통이 제대로 왔어야."

서기원은 식은땀을 흘리며 얼른 마당으로 뒷걸음으로 물러났다.

박현은 이 무슨 해괴한 장난인가 싶었지만,

"으으으으으."

조완희의 온몸이 붉게 달아오르고 마치 빨래를 짜듯 식은땀이 주르르 흘러 바닥을 흥건히 적시자, 박현은 장난이 아님을 깨달았다.

사람이 좋든 싫든 그게 문제가 아니었다.

박현은 서둘러 신당으로 들어섰다.

"이봐! 이봐! 괜찮…… 컥!"

조완희의 상태를 살피려던 박현의 몸이 어떤 무형의 충격에 마당으로 튕겨져 나왔다.

"뭐, 뭐야?"

큰 충격은 없었던지 박현은 그 자리에서 벌떡 일어났다.

"안 돼야."

서기원이 그런 박현의 어깨를 잡아 세웠다.

"우리가 참견할 수 있는 일이 아니야."

"원래 무당이 이런가?"

자신이 아는 무당의 존재는 반쯤은 사기꾼이었다.

"아냐. 자가 좀 특별해야. 모시는 신의 급이 달라야."

"아무리 달라도……."

"명심하야. 진짜 무당은 말이야, 매서워야."

서기원의 충고에,

"하아─. 진짜 모르겠다."

박현은 한숨을 내쉬며 잠시 하늘을 올려다보았다.

"용서해 주셔서 감사합니다. 감사합니다. 감사합니다."

조완희는 마치 연기였던 것처럼 그 자리에서 벌떡 일어나 신당 중앙에 걸려 있는 대별왕 무신도를 향해 연신 절을 올렸다.

"이제 괜찮아야?"

서기원은 툇마루 앞까지 다가와 얼굴을 삐죽 내밀며 물었다.

"어."

자리에서 일어난 조완희의 얼굴은 핼쑥하기 그지없었다.

"나 좀 씻고 나올게."

조완희는 힘없는 목소리로 땀에 젖은 옷을 벗으며 신당 옆 안채로 들어갔다.

"괜찮아야?"

서기원은 이제 박현에게 물었다.

"뭐가?"

"얼이 빠진 얼굴을 하고 있어야."

"그런가?"

"곧 익숙해질 거야."

서기원은 박현의 등을 토닥인 후 신발을 벗고 접객실로 사용하는 마루방으로 올라갔다.

"올라와야."

"……그러지."

박현도 그를 따라 방으로 들어갔다.

십여 분 후, 말끔한 옷으로 갈아입은 조완희가 다시 신당으로 나왔다.

"신벌에 신열이야. 몸주께서 많이 노하셨던 모양이야."

"쩝."

조완희는 쓴맛을 씹었다.

"왜 그랬던 거야?"

이어진 질문에 조완희는 턱으로 박현을 가리켰다.

"박 형사는 와야?"

"옆에서 돌봐주라 하셨어."

"잉?"

"그래서 내가 보모도 아니고 뭘 돌보냐고 땡깡을 좀 부렸다가……."

조금 전 고통이 떠올랐는지 조완희는 몸을 부르르 떨었다.

"그래야? 고생하겠어야."

"너도."

"응?"

"너도 도우라신다."

"오메!"

서기원은 놀란 표정을 지었다가 눈을 새초롬하게 치켜떴다.

"참말이어야?"

"농으로 보여?"

"하기야 신당에서 거짓을 씨부리지는 않겠지야."

"너도 꿰인 거야. 크크크."

조완희는 손가락을 갈고리 모양으로 구부려 서기원의 코를 잡아당겼다.

아주 짓궂은 표정은 덤이었다.

"확인해볼 수도 없고. 진짜 거짓씨부렁 아니지야? 내는 무슨 죄다야."

서기원은 울상을 지으며 대별왕 무신도를 올려다보았다.

"지금 이 이야기. 나에 관한 건데 왜 나만 모르는 이야기들을 하지?"

박현이 미간을 찌푸리며 조완희와 서기원을 쳐다보았다.

"간단히 말하자면 우리 몸주께서 너를 돌보란다."

"나를?"

박현은 조완희 뒤에 걸린 대별왕 무신도를 올려다보았다.

"그래, 너 그 몸주가 뭔가 대단한 신이냐?"

"명계 제일의 신이시지. 자세한 건 인터넷으로 찾아보고."

조완희는 대충 말을 마무리하며 박현의 얼굴을 빤히 쳐다보았다.

"일단 잃어버린 기억부터 찾아야겠군."

"흠."

그 말에 박현은 진중한 침음을 삼켰다.

어영부영 같이 왔다가 뭔지 모를 일에 휩쓸려 지금까지 시간을 흘려보냈었다.

"방법은?"

"성황신 강신이 가장 정확한데 신격이 높아 그건 어림도 없고."

조완희는 팔짱을 끼고 천장을 올려다보며 고민에 빠졌다.

"그래서 방법이 없냐고 물었잖아."

박현이 차갑게 쏘아붙였다.

"없는 것도 아니지만."

"뭔데?"

"뭐데야?"

박현과 서기원이 동시에 물었다.

"좀 과격할 수도 있는데."

조완희는 웃음을 쪼개며 말했다.

"너도 도와야겠다."

"그래야~."

조완희의 말에 서기원이 힘없는 목소리로 대답했다.

"그러니까, 그게 뭐냐고!"

박현은 답답함을 이기지 못하고 결국 버럭 소리쳤다.

시간이 흘러.

두억시니들의 은신처였던 창고 안.

"자, 결계는 다 쳤고."

조완희는 손을 탁탁 치며 박현 앞으로 다가와 섰다.

"여기는 어떻게 알았지?"

그 사이 창고를 빠르게 살핀 박현은 싸늘한 목소리와 함께 조완희를 노려보았다.

"봤으니까."

"봤다?"

"직접 본 건 아니고, 볼 일이 있어 왔다가 성황신의 몸을 빌어 봤어."

"무슨 말인지 모르겠군."

박현은 눈가를 찌푸렸다.

"그래서 뭐 어떻게 하면 돼야?"

서기원은 궁금한지 조완희를 채근했다.

"뭐를 어떻게 해? 진체를 강제로 깨워야지."

"진체를야?"

서기원은 박현을 보며 잠깐 생각에 잠긴 모습이었다.

"네가 생각한다고 뾰족한 답을 구하냐? 그냥 지금은 내가 까라는 대로 까."

"흐흐흐흐. 그건 맞아야."

서기원은 능글맞은 웃음을 터트렸다.

"죽인다는 생각으로."

"니미, 뭔 개소리야?"

272 신화의 전장

박현은 싸늘해진 분위기에 입술을 깨물며 양 손을 들어 올렸다.

"보자~, 보자~. 어느 장군신의 도움을 받아 보나."

"뭘 골라야. 그러면서 맨날 관성제군(關聖帝君)⁴⁾을 받아 들이면서."

"크크, 그렇지?"

조완희는 눈을 감고 뭔가 들릴 듯 말 듯한 목소리로 중얼 거리더니 고개를 아래로 뚝 떨어뜨렸다. 그리고 두 눈을 번 쩍 뜨며 고개를 치켜세웠다.

새하얀 두 눈에 시퍼런 귀광이 폭사되었다.

조완희가 오른팔을 털자 쇠로 된 팔찌가 뱀처럼 스르륵 손 안으로 이동하더니 한 자루 커다란 곡도로 변했다. 조완 희는 곡도를 손에 쥐고 이번에는 왼팔을 털었다. 그러자 비 슷한 팔찌가 그의 왼손에서 긴 봉으로 변했다.

달깍!

조완희는 익숙하게 봉과 곡도를 연결해 한 자루의 언월 도를 만들어냈다.

"으하하하하하하!"

조완희의 입에서는 그의 목소리가 아닌 쇳소리 섞인 저 음의 대소가 터져 나왔다.

쾅!

"좋구나!"

조완희는 언월도를 바닥에 찧으며 박현을 향해 살기를 피워냈다.

"얼쑤!"

동시에 서기원은 덩실덩실 춤을 추며 허공에서 방망이를 꺼내들었다.

"퉷!"

서기원은 양손에 침을 뱉으며 방망이를 단단히 움켜쥐었다.

쑤아아아앙!

"신명나게 놀아 보자꾸나!"

조완희가 얼음바닥을 미끄러지듯 박현에게 다가서며 언월도를 휘둘렀다.

"신난야!"

서기원도 흥이 난 얼굴로 박현 머리 위로 훌쩍 뛰어올라 방망이를 내려찍었다.

*용어

  1) 명부시왕(冥府什王): 명부시왕. 사후 세계를 관장
하는 열 명의 신.

  2) 공수: 무당의 입을 빌려 신이 인간에게 의사를 전
하는 일.

  3) 팔미호(八尾狐): 팔미호는 꼬리 여덟 달린 여우이
다. 익히 널리 알려진 구미호보다 격이 낮다. 전설에서
는 여우가 도력을 쌓으면 꼬리가 둘로 갈라지고, 그 꼬
리가 아홉 개가 되면 불사의 존재가 된다고 한다. 일반
적으로 여인의 모습으로 활동하며 매우 매혹적으로 남
성을 유혹하는 힘을 가지고 있다. 그 외에 여러 신통한
능력을 가지고 있다.

  4) 관성제군(關聖帝君): 중국 삼국시대 촉나라 장수
관우. 자는 운장(雲長)이다.

10장

어지간한 30평대 아파트 거실보다 더 큰 식당, 큰 식탁에 한재규 회장과 그의 부인 박미자, 한설린이 자리하고 있었다.

　"어디 아픈 데는 없고?"

　박미자가 걱정 어린 눈으로 한설린을 바라보았다.

　"별로."

　한설린은 어깨를 으쓱 들어올렸다가 내렸다.

　"진짜 괜찮아?"

　"뭐 내가 애인가? 아프면 아프다고 하지."

　"형사가 어디 쉬운 일이니? 또 얼마 전에 다치기도 했고. 워낙 힘든 일이잖니."

박미자는 겨우겨우 속을 누르며 부드러운 미소를 지어 보였다.

"진짜 괜찮아. 몸이 고돼서 그런가 요즘 잠도 푹 잘 자고. 진짜 요즘 밤에 한 번도 안 깨고 잔다니까. 그러니 걱정 마시와요, 어마마마!"

한설린은 박미자를 향해 과장되게 넉살을 풀었다.

박미자도 그 미소에 일단 걱정을 접었다.

아니 접어야 했다.

가문을 다시 찾아가기 전까지는.

"오빠는요?"

"회사에 급한 일이 있어 오늘 안으로 마무리해야 한다고 하더구나."

"흐음."

"네 녀석, 또 석민이한테 부탁할 것이 있는 모양이로구나."

"헤헤."

한재규 회장의 말에 한설린이 혀를 삐죽 내밀며 애교 섞인 웃음을 지어 보였다.

"힘들지는 않고? 할 만하냐?"

"생각보다 나쁘지 않아요. 사수가 요즘 무슨 일이 있는지 별로 활동을 하지 않아서 조금 심심하기는 해요."

"사수라면 왜 너 병문안 와서."

박미자가 둘 사이 대화에 끼어들었다.

"상황이 안 좋은 것이더냐?"

그럼에도 한재규는 그다지 신경 쓰지 않고 자신이 할 말을 이어나갔다.

"그건 저도 몰라요. 뭐 여튼 요즘 좀 그래요."

"세금으로 먹고 사는 공무원이 근무태반이라니. 쯧쯧."

"그건 아빠가 몰라서 하는 소리에요."

"……."

"능력 하나는 이거래요. 전국에서."

한설린은 엄지손가락을 들었다.

"어떤 사람이니? 그 사람?"

타인에 대해서 그다지 관심이 없어하던 한설린이 그녀답지 않게 조잘조잘 말을 꺼내자 박미자는 박현에 대해 호기심이 일었다.

"그게……."

그 질문에 한설린은 입술을 뾰족 내밀며 미간을 찌푸렸다.

"잘 몰라요."

"음?"

박미자가 반문하자.

"어지간하면 대충 감이 오는데 사수는 진짜 모르겠어요."

이어진 한설린의 대답에 한재규가 물었다.

"그래서 이 실장에게 부탁한 것이냐?"

"규원 아저씨가 말씀을 올렸구나."

한설린은 혀를 내밀었다.

"그럼 보고가 안 올라올 줄 알았냐?"

"어느 정도 예상은 했어요."

"이 실장이 여기서 왜?"

박미자는 궁금증을 참지 못하고 끼어들었다.

"린이가 이 실장에게 부탁해 그 사람에 대해 알아봐달라고 했다더군."

"그래?"

박미자는 한재규 회장의 말에 눈을 동그랗게 뜨며 한설린을 쳐다보았다.

"양친은 살아계시고."

"그러니……."

"집은 어때? 살 만해?"

"그게……."

"부친은 뭐 하시고?"

"……."

"나이는 몇이니?"

박미자는 한설린의 대답을 듣지도 않고 속사포처럼 질문을 쏟아냈다.

"엄마, 나 대답은 언제 해?"

"으응? 호호호호호."

박미자는 무안한 듯 어색한 웃음을 터트렸다.

"모친은 그 녀석 낳다 죽었고, 부친의 존재는 모르고, 조부는 중학교 때인가 그쯤 돌아가셨고, 학벌은 중학교 중퇴. 만 18세가 되자마자 9급 경찰 합격. 죽지는 말라고 했던지 생면부지의 먼 일가 친척이 유산을 넉넉히 남겨줘서 제법 알부자이고……. 어린 나이에 승진도 빠르고, 욕심을 좀 부린다면 9급 공채 출신답지 않게 청장 자리도 앉을 만하다 하고."

한재규 회장이 주절주절 박현에 대해 늘어놓았다.

박미자와 한설린이 그런 그를 빤히 쳐다보았다.

"호기심에 한 번 들여다보았다."

"한 번 본 게 아닌데요?"

박미자가 묘한 눈웃음을 지었다.

"큼."

한재규 회장은 헛기침으로 무안함을 감췄다.

"천애고아라……, 조금 신경이 쓰이기는 하지만 뭐 그건 오히려 좋은 건가? 능력도 빠지지 않고, 재산이야 뭐……."

"엄마, 지금 무슨 생각?"

한설린이 박미자를 째려보았다.

"혹시 모르니 미리미리……."

"엄마!"

한설린이 소리를 빽 질렀다.

"귀청 떨어진다. 엄마 귀 안 먹었다."

박미자는 새끼손가락으로 귀를 후비며 딴청을 피웠다.

"그래도 아예 싫지는 않은 모양이네."

"아니야. 그런 거."

"뭐, 네 팔자에 검사나 기업가는 언감생심이니……."

"엄마."

한설린은 딱딱하게 그녀를 불렀다.

"그만해. 애 듣기 싫다잖아."

한재규가 나서서 분위기를 정리했다.

"그나저나 요즘 바쁜 거 아니에요?"

한설린은 얼른 대화 방향을 돌렸다.

"큰 거 하나 노려 봤는데 엎어졌다. 손실이 이만저만이 아니다."

"뭔지 모르겠지만 파이팅하세요."

"녀석. 그냥 놔버리기에는 아까워서 한 번 더 도전해볼 생각이다."

"잘 해내실 거라 믿어요."

"고맙다."

그리고 다시 이어진 화목한 수다.

함께 웃고 대화를 나누는 박미자의 마음 깊은 곳에서는 불안함이 숨겨져 있었다. 한재규 역시 숨겨진 무언가를 드러내지 않았다.

＊　　　＊　　　＊

"젠장!"

박현은 목을 베어오는 언월도의 섬뜩한 칼날에 급히 허리를 뒤로 젖혔다. 하지만 언월도는 장병기, 그저 허리를 젖힌다고 피할 수 있는 그런 병기가 아니었다.

일단 살고 봐야 한다는 생각에 박현은 몸을 젖혀 피하는 것을 포기하고 그냥 뒤로 넘어지듯 몸을 뉘였다.

쑤아아악!

언월도의 날카로운 칼날은 박현의 앞머리 수 가닥을 후드득 잘라버리며 바로 눈앞을 스쳐 지나갔다.

"얼쑤!"

바닥에 누운 박현은 눈앞으로 떨어지는 쇠방망이를 보자 이를 악물며 옆으로 몸을 굴렸다.

쾅!

소리만으로 몸이 오싹할 정도로 묵직한 파괴음이 귀를 때렸다.

"쌍!"

자신이 누워 있던, 그리고 머리가 있던 자리는 쇠방망이에 의해 움푹 파져 있었다. 저걸 정통으로 맞았다면 머리는 으깨졌을 것이 분명했다.

"이래하면 돼야?"

찰나의 차이로 목숨이 오간 상황에서도 조완희를 쳐다보며 도깨비 서기원은 순박한 미소를 지었다.

"아니. 더 해야지. 아직 저놈 머리가 몸통에 붙어 있지 않느냐! 으하핫!"

조완희는 커다란 언월도를 휘두르며 박현의 허리를 잘라왔다.

"이 새끼들이!"

박현은 눈에서는 시퍼런 독기를 내뿜으며 바닥에 바싹 엎드렸다.

쑤아아악—

언월도가 머리 위로 지나가는 동시에.

팟!

그대로 달려 조완희의 두 다리를 잡으며 태클을 넣었다.

"큭!"

그리고 이어진 신음.

그건 조완희의 것이 아니었다.

바로 얼굴이 붉어지도록 힘을 쓰는 박현의 것이었다.

'뭐, 뭐야?'

박현이 아무리 용을 써봐도 조완희의 두 다리는 마치 대지에 뿌리를 내린 나무처럼 꿈쩍을 하지 않았다.

"훗!"

귀를 파고드는 비웃음.

"익!"

박현은 이를 악물며 그의 옆구리에 바디블로우를 강하게 치며 뒤로 빠져 허벅지로 로우킥을 날렸다.

빡!

"크윽!"

묵직한 파음에 신음을 내며 뒤로 물러난 것은 박현이었다.

마치 벽을 친 것처럼 주먹과 발등으로 돌아온 충격에 박현은 손목을 움켜잡으며 쩔뚝거렸다.

"뭐 범인치고는 그 힘이 놀랍다마는……, 고작 그것만으로 본좌를 상대할 수 있을쏘냐!"

조완희는 근 2m 가까이의 거리를 단 한 걸음으로 훌쩍 뛰어와 언월도를 휘둘렀다.

생각이고 자시고 할 것도 없이 박현은 다시 옆으로 몸을
날렸다.

쾅!

언월도의 칼날은 절반 넘게 바닥을 뚫고 들어가 있었다.

'저게 사람의 힘 맞아?'

박현이 주먹을 으스러지도록 말아 쥐며 조완희를 향해
다시 몸을 날리려 할 때였다.

"나도 있어야."

서기원의 목소리와 함께

후우우웅—

묵직한 파공성이 그의 뒤를 덮쳤다.

박현은 재빨리 고개를 틀어 뒤를 봤지만 이미 서기원의
쇠방망이는 그의 머리를 후려친 후였다.

쾅!

"커억!"

박현은 족히 3m는 날아가 바닥에 처박혔다.

"크으으—."

박현은 신음과 함께 힘겹게 몸을 일으켜 세우려 했지만
이내 정신을 잃고 쓰러졌다.

"이 아둔한 놈!"

그 모습에 조완희가 서기원을 향해 일갈을 터트렸다.

"왜야?"

서기원은 왜 뜬금없이 자신에게 화를 내는지 모르겠다는 듯 조완희를 멀뚱하게 쳐다보았다.

"에휴—."

조완희는 강신을 풀며 한숨을 내쉬었다.

"야이, 멍청한 놈아! 애를 기절시키면 어떻게 해?"

"우메. 죽일 듯 달라붙으라고 네가 그랬어야. 나는 사람을 못 죽여야. 기절시키면 기절시켰지."

"그래서 한 방에 골로 보냈다?"

"맞아야. 나는 네가 시키는 대로만 했어야."

"그래, 내가 너한테 뭘 더 말하겠냐."

조완희는 더 이상 화낼 기운도 없었는지 그냥 바닥에 주저앉으며 정신을 잃고 쓰러져 있는 박현을 바라보았다.

"에고고, 나도 모르겠다."

조완희는 그냥 바닥에 벌러덩 누웠다.

강신 후에 찾아오는 근육통과 몸을 지배하던 강력한 힘이 사라짐에 따른 허탈함 때문이었다.

"간만에 힘을 썼더니 피곤해야."

서기원도 조완희 옆에 나란히 누웠다.

그의 말에 조완희의 이마에 굵은 핏줄이 섰다.

"그래 쉬어라. 푹 쉬어."

속마음과 달리 조완희는 체념 섞인 목소리로 말했다.

"역시 조 박수는 상냥해야. 나가 그래서 조 박수가 좋아야."

'그냥 한 대 패버려?'

조완희는 주먹을 말아 쥐었다.

이대로는 울화통이 터져 죽을 것만 같아 서기원을 향해 몸을 일으키며 주먹을 들어올렸다.

"드르렁, 쿨~. 드르렁, 쿨~."

마치 기다렸다는 듯이 서기원은 코를 골며 잠들었다.

팡팡팡—

"앓느니 내가 죽지. 내가 죽어."

조완희는 주먹으로 자신의 가슴을 치며 다시 벌러덩 누웠다.

"아~ 피곤해. 나도 잠시 잘까?"

결계를 강하게 쳐 지금 밖으로 나가지도 못하는 상황이었다.

"에라 몰라."

조완희는 피곤함에 눈을 감았다.

졸음이 슬 밀려올 때쯤.

"크르르르르."

짐승의 울음소리가 그의 귀를 파고들었다.

"크르르르—, 크르르르르—."

처음에는 동네 개 소리인가 싶었지만 뭔가 등골이 오싹한 흉포함을 느낀 순간 머리가 쭈뼛 섰다.

잠이 확 달아나자 조완희는 벌떡 자리에서 일어나 울음소리의 근원을 찾았다.

"젠장!"

울음소리의 주인은 바로 정신을 잃고 쓰러져 있던 박현이었다. 그의 몸이 꿈틀꿈틀거리며 점차 사나운 소리를 내기 시작한 것이었다.

지지직— 차악!

그의 신체는 옷을 찢으며 부풀어 올랐고, 구릿빛 피부는 눈부신 새하얀 털로 뒤덮여 나갔다.

"크하아아앙!"

반쯤 몸을 일으킨 박현은 고개를 번쩍 들며 포악한 흉성을 터트렸다. 그의 두 눈은 이미 푸른 귀광으로 가득 들어차 있었다.

"니미럴, 뭐 됐다."

조완희는 다시 곡도를 꺼내 잡으며 울상을 지었다.

"그만 일어나. 이 멍청한 도깨비 자식아!"

그리고는 서기원의 배를 퍽 치며 소리를 버럭 질렀다.

　　　　　　　*　　　*　　　*

　"크하앙!"

　진체를 드러낸 백호, 박현은 단 한 번의 도약으로 박수무당 조완희를 덮쳤다.

　"축지(縮地)."

　조완희는 재빨리 부적 2장을 꺼내 발바닥에 붙이고는 뒤로 걸음을 내디뎠다.

　화아악—

　그가 발을 내디딘 공간이 왜곡되며 조완희는 공간을 넘어 한 순간 거리를 벌렸다.

　"이게 뭔 일이다야?"

　폭음과 파음에 도깨비 서기원은 눈을 번쩍 뜨며 그 자리에서 훌쩍 뛰어올라 섰다.

　"이게 다 너 때문이잖아!"

　조완희는 다시 달려드는 박현을 피해 다시 공간을 접어 피하며 버럭 소리쳤다.

　"나야?"

　서기원은 손가락으로 자기를 가리키며 소 눈망울로 껌뻑였다.

　"무슨 소리어야? 나는 아무것도 안 했어야. 그리고 강제

로 진체를 드러내게 하자고 한 것은 나가 아니고 조 박수어
야. 아따—, 말하다 보니 나 화나야."

서기원은 송충이 같은 눈썹을 바싹 치켜세웠다.

"와 지금 죄 없는 나한테 뭐라 해야? 내는 조 박수 도와
준 거밖에 없어야."

서기원은 방망이를 공간으로 집어넣으며 몸을 홱 돌렸다.

"나 안 해야. 그냥 가야. 잘 있어야."

누가 들어도 자신이 토라졌다는 것을 알 수 있을 정도로
티가 팍팍 났다.

"이 망할 깨비가."

조완희의 뺨이 씰룩씰룩거렸다.

퍽!

조완희는 박현이고 뭐고 다시 공간을 접어 서기원 뒤에
모습을 드러내며 냅다 뒤통수를 후려갈겼다.

"네가 저 새끼를 기절시켜서 저런 거잖아!"

"지금 나를 때렸어야."

"잔말 말고 시간이나 끌어. 죽기 싫으면."

"나 안 해야. 나 가야."

"못 나가, 이 븅신아!"

"……?"

"내가 결계로 막아놨다고! 지금 못 나간다고!"

"크하아앙!"

그 사이 박현이 둘 사이로 달려들며 앞발을 마구 휘둘렀다.

"크윽!"

조완희는 겨우 양팔을 교차해 머리를 보호했지만 그의 힘을 이기지 못하고 뒤로 날아가 바닥에 처박혔다. 소매는 너덜너덜 다 찢어졌고, 양 팔에는 네 줄기의 혈선이 그어져 있었다.

"음마야!"

서기원도 조완희와 그다지 큰 차이가 없었다.

한순간에 일격을 맞은 서기원 역시 뒤로 몇 바퀴나 나뒹굴 정도로 나가 떨어졌다. 어깨에는 붉은 혈선과 함께 푸른 신기가 허공으로 흩어지고 있었다.

"네가 나를 때렸어야. 나 화나야!"

서기원은 그 자리에서 덩실덩실 양금질을 하며 다시 쇠방망이와 비니 모자를 꺼내들었다.

"어때야? 나 멋져야?"

서기원은 비니 모자를 쓰며 씨익 웃었다.

"크하아앙!"

박현은 그런 서기원을 향해 다시 달려들었다. 서기원은 그런 그를 향해 마치 야구방망이를 휘두르듯 쳐올렸다.

쾅!

서기원의 쇠방망이와 박현의 주먹이 충돌했다.

마치 두 대의 차가 충돌한 듯한 폭음이 터졌다.

"으메?"

서기원은 오히려 자기가 뒤로 주르르 밀려나자 저도 모르게 신음을 내뱉었다.

"크하앙!"

박현은 그런 그에게 다시 달려들었다.

"나 진짜로 해야."

서기원이 비니 모자를 꾹 눌러 쓰자,

펑!

자그만 하얀 연기와 함께 그의 모습이 사라졌다. 검은색 비니 모자는 바로 도깨비감투[1]였던 것이었다.

후아아앙!

서기원은 쇠방망이로 백호의 종아리를 후려쳤다.

퍽!

박현의 몸은 붕 떴다가 바닥으로 떨어졌다.

서기원은 그런 박현의 머리로 쇠방망이를 내려찍었다.

턱!

박현은 본능으로 쇠방망이를 움켜잡았다. 서기원의 실체가 보이지 않았지만 쇠방망이 끝에 그가 있음을 느끼자 자리에서 벌떡 일어나며 앞발을 휘둘렀다.

사각—

발톱 끝에 뭔가가 살짝 걸렸다.

일격이 빗나가자 박현은 곧바로 쇠방망이를 잡고 있는 힘껏 집어던졌다.

"어? 어? 어어어!"

서기원은 쇠방망이와 함께 날아갔다.

다행이 몸에 직접적인 충격은 없었기에 금세 균형을 잡아 바닥에 착지할 수 있었다.

"음메야."

문제는 조금 전 공격으로 비니 모자, 도깨비감투가 찢어지며 은신이 풀려버린 것이었다.

"크르르르르."

그 모습에 박현은 한 마리 호랑이처럼 네 발을 모두 지면에 붙이며 서기원을 향해 낮게 울음을 터트렸다.

"조, 조 박수 장난이 아니어야."

백호가 아무리 영수 중에 영수, 천급(天級)이라 하여도 갓 탈피한 반신이었다. 또한 자신 역시 하나의 벽을 깨고 천급으로 올라선 도깨비, 두령이었다.

그렇기에 내심 우습게 본 것도 사실이었다.

하지만 실상은 달랐다.

왜 백호의 울음이 천지를 울렸는지 깨달은 것이었다.

"천급 백호가 아니라 천외천의 백호 아니어야?"

이면의 세상에서 공식적으로 천명된 고하(高下)는 아니지만 암묵적으로 통용되는 계급이 존재했다.

동방에서는 지급(地級), 인급(人級), 천급(天級), 그리고 천외천(天外天)으로, 서방에서는 신의 피조물(God's handiwork), 신의 종(God's servant), 신의 혈통(God's blood), 그리고 신(God)으로 나뉜다.

서방의 계급은 좀 더 공고하고 확고하지만 동양은 조금 다르다.

도깨비만 해도 지급으로 태어나 도력을 높여 천급으로 올라간다. 즉 도깨비는 지급에서 천급 사이에 자리한다. 물론 더욱 도를 닦아 하늘의 벽을 깨면 산신(山神)이나 서낭신, 혹은 여타 하급신이 되어 승천을 한다.

백호도 마찬가지.

호랑이 종족, 호족에는 서신(西神) 백호의 피가 흐른다.

그 피가 절정에 다다르면 백호가 태어나고, 그 백호가 도력을 쌓아 하늘의 벽을 깨면 서쪽을 관장하는 오방신의 하나인 백호가 되는 것이었다.

호족은 지급에서 천급으로 이어지지만 백호는 천급에서 천외천으로 이어진다. 그렇기에 백호가 눈을 뜨자마자 천외천이 되는 경우는 없다.

"말이 되는 소리를 해라! 이 멍충아!"

조완희는 짜증을 내며 다시 강신술에 집중했다.

"아직 멀었어야?"

서기원의 말에 조완희의 관자놀이에 굵은 핏줄이 돋아났다. 하지만 이내 마음의 평정을 찾으며 다시 강신에 들어갔다.

'빌고 또 비나이다. 이 몸이 마음에 들지 않겠지만 감히 다시 청하옵나이다. 너그러운 마음으로 이 난관을 벗어날 수 있게 도와주시옵소서.'

『큼!』

신의 응답에 조완희의 감긴 눈꺼풀이 파르르 떨렸다.

'산신이시여!'

조완희는 그 자리에서 무릎을 꿇고 절을 올렸다.

『너의 목소리가 하도 간절하여 응하기는 했다만…….』

산신의 목소리는 걸쩍지근하기 그지없었고 귀찮아하는 여색도 배어 있었다.

'명산이 아니기에 산해진미와 노랫가락도 오랫동안 즐기지 못하셨으리라 사료되옵니다. 은혜를 한 번만 내려주신다면 빠른 시일 안에 거한 산신제로 보은하겠사옵니다.'

『네 마음이 쓸 만하구나. 명부의 힘을 빌려 청할 수도 있었건만.』

산신은 조완희의 몸주가 누구인지 대충 눈치를 차린 모양이었다. 하긴 엉덩이가 무겁기로 소문난 산신이 마지못해 응해 준 것도 어쩌면 대별왕의 위엄 때문이 아닐까 싶기도 했다.

사실 조완희가 이렇게 청하는 이유는 두 가지였다.

그 하나는 바로 몸주가 위엄을 빌려 주지 않는다는 것이었고, 또 다른 하나는 백호를 억누르기 위해서는 산신의 힘이 필요했기 때문이었다.

호랑이라 함은 애초에 산신의 권역에서 활동하는 동물.

그 피를 이은 호족도 그 영향에서 자유로울 수는 없다.

백호가 아무리 특출 난 피를 가졌다고 해도 매한가지.

산신의 힘도 힘이지만 호족을 비롯한 수인족에게는 상성의 우위를 점하기 때문이었다.

『거하게 한 상 차리거라.』

'예.'

『그럼 오랜만에 한번 놀아볼까? 허허…….』

웃음소리가 점점 멀어지더니 감겼던 조완희의 눈이 부릅떠졌다.

"허허허."

조완희는 자리에서 일어나 몸을 이리저리 움직이며 흡족

한 미소를 지었다.

"드디어 왔어야."

서기원은 단걸음에 조완희 쪽으로 다가섰다.

"크허어엉!"

박현은 그런 서기원을 쫓아 달려왔다.

"갈!"

조완희는 그런 박현을 향해 일갈을 터트렸다.

쩌렁쩌렁한 목소리에 박현의 몸은 한차례 움찔거리며 걸음을 멈췄다.

"크르르르르."

박현은 본능적으로 산신의 기운을 느끼자 쉽사리 다가가지 못하고 천천히 원을 그리며 살기를 뿜어냈다.

조완희는 신력을 뿜어내며 그런 박현에게로 천천히 다가갔다.

"크르르르."

박현은 조완희가 내뿜는 압박에 조금씩 뒤로 물러나거나 옆으로 피하는 모습이었다.

조완희는 그런 모습에 조금 더 빨리 움직여 박현에게 바투 다가섰다. 그리고 부드러운 손으로 박현의 머리를 쓰다듬었다.

"그만 화를 가라앉히어라."

"크르르르르."

박현은 박자에 맞춰 머리를 흔들 듯이 고개를 흔들었다.

기분이 좋아 보이는 모습이었다.

"그래, 그래."

조완희는 그 사이 왼손으로 조용히 부적 한 장을 뽑아들었다.

"조용히 한 숨 자자꾸나. 허허허허."

조완희는 오른손을 박현에게로 더 깊숙이 뻗어 목을 쓰다듬더니 팔로 목을 강하게 포박하며 왼손으로 부적을 붙였다.

"잠시 중천에서 시간을 보내시게."

중천[2]지회(中天之回).

부적의 이름이자 술법이었다.

육신에서 혼을 뗄 때 잠시 중천으로 올려 보내는 술(術)로 그가 명부의 신들을 모셨기에 가능한 부적술이었다.

부적이 박현의 이마에 붙으려는 순간,

파지지지직!

부적에서 푸른 전깃불이 튀었다.

"크하아아앙!"

백호는 단숨에 신력을 터트리며 크게 포효했다.

명부의 힘을 담은 부적과 백호, 박현의 신력이 충돌한 것이다.

'명부의 힘을 밀어내?'

조완희는 너무 놀라 두 눈을 화등잔처럼 치켜떴다.

"갈!"

조완희는 육신에 무리가 가겠지만 산신의 힘을 더욱 받아들이며 힘을 개방했다.

산신의 힘에 백호의 기운이 억눌리는가 싶었지만.

"크허어어엉!"

박현은 더욱 거친 울음을 터트리며 조완희에게 달려들며 앞발을 휘둘렀다.

"감히 산령에 도전하는 것이더냐!"

조완희는 왼손을 털어 봉을 만들어 박현의 공격을 막아가려 했다.

하지만.

"큭!"

육체에 무리가 오며 신체의 균형이 깨져버렸다. 확실히 하루에 신을 두 번 받아들이는 것은 무리였던 모양이었다.

박현은 그 틈을 놓치지 않고 앞발로 가슴을 후려쳤다.

"크헉!"

조완희는 가슴에서 피를 뿌리며 뒤로 나뒹굴었다.

"크하아아앙!"

박현은 몸을 일으키며 포효했고,

펑—

부적은 박현의 힘을 이기지 못하고 그 자리에서 불로 변해 사라졌다.

"조, 조 박수."

서기원이 재빨리 다가가 조완희를 부축했다.

"우짠다야."

강신이 깨지며 조완희는 혼에도 충격을 받아 정신을 잃어버린 것이었다. 서기원은 축 처진 조완희를 보며 울상을 지었다.

"내 깨비 인생도 참으로 험악해야."

서기원은 서둘러 조완희를 구석에 내려놓고 자리에서 일어났다.

"좀 버겁기는 해도야, 이래 봬도 나 두령이어야."

서기원은 손바닥에 침을 탁 뱉으며 쇠방망이를 움켜잡았다.

턱!

앞으로 나가려던 서기원의 어깨를 누군가 잡았다.

이 자리에서 자신의 어깨를 잡을 이는 단 한 명.

"깨어났어야?"

서기원은 환한 웃음을 지으며 고개를 돌려 조완희를 보았다.

"음마야. 헙! 딸꾹! 딸꾹!"

그리고 자신의 혼을 관통하는 죽음의 눈빛과 조완희의 몸에서 피어나는 저승 기운에 놀라 경악성을 터트렸다가 손으로 입을 막았다. 갑작스럽게 숨을 막아서인지 딸꾹질이 연신 입술과 손 사이를 비집고 흘러나왔다.

"대, 대, 대, 대……."

『맞느니라.』

"아, 아, 안녕하신지야."

서기원은 조완희의 시선에 넙죽 바닥에 큰절을 올렸다.

『애 마르게도 네 녀석은 폭주하고 있는 저 치를 감당할 수 없구나. 구석으로 피해 있어라.』

"야."

『네 녀석의 운이 저승까지 닿았구나. 상황이 이렇다 보니 네놈의 수명부(壽命簿)를 고치는 일이 되어 버렸다.』

"꿀꺽."

『이놈, 신제자를 잘 도와주야 할 것이야.』

"야."

『또. 덧삶이니 네 녀석이 필요할 때 이 녀석의 입을 빌려 전하마.』

"야. 꼭 명심, 명심하겠어야."

서기원은 허리를 숙인 채 종종 걸음으로 물러났다.

'이게 뭔 일이야.'

서기원은 고개를 들지도 못하고 곁눈질로 조완희를 쳐다 보았다.

강신도 아닌 강림.

기사 중에 기사였다.

대별왕께서 아마도 보다 못해 내려오신 모양이다.

문제는 자신이 영락없이 코가 꿰였다는 거다.

도저히 거부할 수 없는 존재에.

'아~ 울고 싶어야.'

눈물이 핑 돌았다.

명부의 신의 말은 무겁다.

그걸 받드는 자의 대답도 무겁다.

'나름 이 깨비 인생은 평안했는데. 그것도 이제는 끝이 나야.'

하지만 그게 문제가 아니었다.

"크허어어어엉!"

조완희 앞에 선 백호의 울음.

그 울음의 울림은 이제껏 서기원도 경험해 보지 못한 엄 청난 힘을 담고 있었다. 울음의 파동이 몸을 훑고 지나가자 등골이 쭈뼛 서는 것도 모자라 살짝이지만 오줌도 찔끔 지 린 것 같았다.

『허허허. 명부의 부적과 산신의 힘으로 하여금 천외천의
힘마저 끌어내었구나.』

조완희, 아니 대별왕의 목소리에

"……!"

서기원의 눈이 부릅떠졌다.

콰아아앙!

두 격돌은 엄청난 폭음과 함께 후폭풍을 만들었다.

서기원은 그 후폭풍에 휘말려 구석 모퉁이로 날아가 처
박혔다.

'우, 우메!'

이겨내지 못하고 양손으로 머리를 감싸며 얼른 바닥으로
엎드렸다.

둘은 급이 달랐다.

콰광— 콰과과과광!

둘의 싸움은 그저 여파만으로도 구석에 조용히 찌그러져
있는 서기원의 목숨마저 뒤흔들 정도였다.

이건 완전 고래 싸움에 새우등 터지는 꼴이니.

'아—, 깨비 살려야.'

서기원은 진심으로 울고 싶어졌다.

아니, 눈에 눈물이 이미 맺혀 있을지도…….

*용어

1) 도깨비감투: 도깨비감투는 착용자를 투명하게 만들어준다. 감투를 쓴 이뿐만 아니라 가지고 있는 물건도 함께 적용된다. 심지어는 감투와 닿는 것들도 눈앞에서 사라지게 만들 수 있다. 일반적인 투명화를 만들어낸 무구와 달리 매우 간편하고 뛰어난 보물이지만 내구성이 매우 약하다는 치명적인 단점을 가지고 있다.

2) 중천: 중천, 말 그대로 지상과 천상, 혹은 이승과 저승 사이의 공간을 말하며, 죽은 영혼들이 49일간 머물며 환생 및 심판을 준비하는 곳.

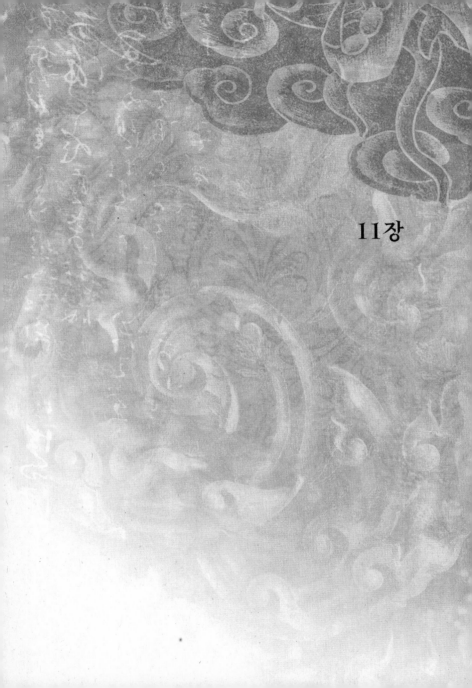

11장

별왕당.

신당에 박현과 박수무당 조완희가 나란히 누워 있었고, 그들의 발 끄트머리에 도깨비 서기원이 앉아 있었다.

"휴우―."

서기원은 둘을 바라보며 한숨을 푹 내쉬었다.

"하아―."

또 한숨.

"휴우―."

다시 한숨.

"아―, 몰라야. 휴우―."

서기원은 바닥에 벌러덩 드러누웠지만 이내 다시 몸을 일으켜 앉으며 한숨을 내쉬었다.

"쩝, 쩝, 쩝."

한숨을 얼마나 내쉬었던지 목이 텁텁했다.

"그랴, 한숨만 쉬면 뭐하야. 목도 마른데 목이나 축여야 지야."

서기원은 주머니에서 큼지막한 항아리와 표주박을 꺼냈 다.

항아리 주둥이를 밀봉한 천을 젖히며 표주박으로 동동주 를 한 잔 떠 시원하게 마셨다.

"크하—. 역시 술은 동동주야. 텁텁함이 한 번에 가셔 야."

서기원은 표주박으로 한 잔 더 쭉 들이켜다가 움직임이 뚝 멈췄다.

이곳이 대별왕 신당임을 깨달은 것이었다.

서기원은 아주 조심스럽게 시선을 돌려 신당 무신도에 그려진 대별왕을 쳐다보았다.

"흡."

서기원은 비록 무신도의 그림이지만 대별왕과 눈이 마주 치자 화들짝 무릎을 꿇고 앉았다.

"지가야. 진짜 몰랐어야. 그리고 막 아무렇게나 술 처묵고, 아니 마시고 다니는 그런 깨비가 아니지야. 절대, 절대 여가 대별왕님의 신당인지 알았다면야 이 깨비가 막 술 마시고 그러지 않았을……."

서기원은 식은땀을 흘리며 주절주절 용서를 구했다.

"뭐하냐?"

"아이고, 잘못했어야."

낯선 목소리에 서기원은 화들짝 바닥에 엎드리며 소리쳤다.

"용서해 주셔야. 진짜 몰랐어야."

그것도 모자라 손바닥을 머리 위로 들어 싹싹 빌었다.

"너 미쳤냐?"

"맞아야. 지가 잠시 미쳤나 봐……. 음?"

서기원은 이상함에 고개를 갸웃거리며 고개를 들어올렸다.

"끄응─."

얼굴 가득 허옇게 질린 조완희는 힘겹게 자리에서 일어나고 있었다.

"조 박수."

서기원은 환한 웃음을 지으며 서둘러 다가가 그를 부축했다.

"괜찮아야?"

"죽겠다."

조완희의 목소리에는 힘이 하나도 없었다.

"근데 말이어야."

"어."

"조 박수 맞지야?"

"너 약 먹었냐?"

"으음."

서기원은 고개를 절레절레 저었다.

"약은 안 먹었어도 술은 처마셨네. 잘한다 잘해. 신성한 신당에서."

"딱 한 잔 했어야. 진짜야."

서기원은 검지를 세워 강조했다.

"내가 뭔 말을 하겠냐?"

조완희는 고개를 저었다.

"근데……."

"뭐?"

"대별왕님은 별 말 없으시고?"

"기절해 있는 내가 어떻게 듣냐?"

"지금은?"

"야!"

조완희는 소리를 버럭 질렀다.

"가! 이, 씨! 집에 가!"

"아니어야, 아니어야. 몸도 안 좋은데 멀쩡한 나가 보살펴줘야지야. 니 혼자도 아니고야."

"그건 뭔 소리……."

조완희는 서기원의 어깨 너머로 여전히 잠들어 있는 박현을 발견했다.

"쟤는 왜 우리……."

그때 조완희의 머릿속으로 기억들이 밀물처럼 밀려들어왔다.

"이제 제정신이 돌아왔어야?"

"하아—. 근데 어떻게 된 거냐?"

"대별왕님께서는 별 말 없으셔야?"

서기원은 유령처럼 스윽 움직여 천연덕스럽게 술 항아리와 표주박을 도깨비 주머니에 넣고 돌아와 다시 물었다.

"야!"

조완희는 다시 소리를 버럭 질렀다.

"와?"

"너 신당에서 술 먹은 거 때문에 그러냐?"

"……그랴."

서기원은 대별왕 무신도를 힐끔 쳐다보며 모기만 한 목소리로 대답했다.

"조금 이따가 신단에 술 한 잔 거하게 올려. 너 좋아하는 메밀묵이랑."

"알았어야."

그제야 서기원은 환하게 웃음을 지어 보였다.

"근데 너 이상하다."

"와야?"

"너 전에는 대별왕님을 이렇게까지 신경 쓰지 않았잖아."

"기억 안 나야?"

"산신을 뫼셔 접신(接神)한 거까지는 기억이 나는데 그 뒤로는 안 나."

"그랴."

서기원은 그 말에 기억을 끄덕였다.

"대별왕님께서는 별 말 없어야?"

"야! 너 이 새끼! 내 오늘 죽어도 너 승천시켜 주고 만다."

"아야. 그게 아니야. 진짜 별 말 없었어야?"

서기원의 반응이 조금 전과는 조금 달랐다.

"없어."

"그래야?"

"왜? 뭔데?"

서기원은 쉽게 입을 열지 못했다.

그건 바로 신의 노여움, 대별왕의 진노가 무서웠기 때문이었다.

사실 대별왕과 가깝기로는 자신보다야 몸주로 모시는 조완희가 더 가까울 터. 대별왕께서 이야기해 주지 않음은 이유가 있을 거 같았다.

"나두 잘 몰라야."

"흠."

서기원을 바라보는 조완희의 눈매는 가늘어졌다.

"하긴, 하실 말씀이 있으시면 너보다는 내게 하시겠지."

조완희는 흔쾌히 고개를 끄덕였다.

"근데 직접 보니 어떠시디?"

"장난 아니어야. 대별왕께서 나를 보는……. 헙!"

서기원은 순간 굳어지는 조완희의 얼굴을 보자 황급히 양손으로 황급히 입을 닫았다.

"그래서 그런가? 여느 때와는 확실히 안 좋기는 하네."

"니가 우찌 나한테 그럴 수……."

서기원은 화를 내려다가 조완희의 얼굴을 보자 입을 닫았다.

그의 말처럼 확실히 그의 얼굴은 말이 아니었다.

창백하게 질리다 못해 낯빛은 푸르딩딩했고, 입술은 가

뭄 속 논바닥처럼 쩍쩍 갈라지는 것으로도 모자라 피마저 언뜻언뜻 보였다.

"쉬어야. 니 얼굴이 말이 아니어야."

서기원은 얼른 조완희를 다시 눕혔다.

"니야 정신을 차려 다행이다 싶지만야, 쟈는 괜찮은가 몰라야."

서기원은 조완희에게 이불을 덮어주고 나서 조완희처럼, 아니 어쩌면 더 괜찮지 않아 보이는 얼굴로 잠들어 있는 박현을 내려다보았다.

그리고 삼 일이 더 흘렀다.

어느 정도 몸을 추스른 조완희는 신단 앞을 떠나지 않고 제를 올리며 신력을 받아들여 몸을 치유하는 동시에 명상을 통해 도력을 쌓았다.

해가 어둑해질 무렵.

끼이익— 딸랑—

별왕당 대문이 열리는 소리가 들려왔다.

"당분간 점 안 봅니다."

조완희는 명상을 풀지 않은 채 제법 큰 소리로 말했다.

"나야."

서기원이었다.

그는 봉황회 소속 암행단 어사였기에 이틀 전 새벽에 급한 호출을 받고 떠났었다.

그는 양손 가득 무언가를 싸들고 왔다.

"그건 뭐냐?"

"히히히, 대별왕님께 올릴 거."

서기원은 음흉한 웃음을 띠었다.

"너 대별왕께 술을 올려서 좋은 거냐? 아니면 음복(飮福)[1] 때문에 좋은 거냐?"

"나야 당연히 대별왕님께서 기뻐하실 모습에 좋아하는 거야."

"입에 침이나 마르고 소리를 해라."

서기원은 신당에 들어선 후 큰 절을 올렸다. 그리고 항아리를 꺼내 그가 좋아하는 막걸리를 부어 담았다.

그 양이 족히 열 병은 넘어 보였다.

"뭔 제주를 그리 많이 담아?"

"에이 이 정도는 마셔야 좋아해야."

"니가?"

조완희의 말에 서기원의 어깨가 움찔거렸다.

"아, 아니야. 대별왕 말씀이야."

서기원은 막걸리로 항아리를 가득 채우고, 수수한 갈색 빛깔의 옹기로 된 접시를 꺼내 메밀묵을 맛깔스럽게 담아 신단에 올렸다.

"맛나게 드셔야."

서기원은 정성을 다해 절을 세 번 올렸다.

"그리고 지를 잘 부탁드려야."

마지막 절을 끝으로 서기원은 총총 걸음으로 신단에서 물러났다.

"야는 아직 정신 못 차렸어야?"

"근데 반신들도 신열을 앓아?"

"나가 듣기로는 처음 탈피하고 나서 앓는다고 듣기는 들었어야."

"하긴 인간의 몸이었다가 반신이 되었으니 그럴 만도 하기는 하네. 근데 이렇게 심하냐?"

"그거야 당연히······."

서기원은 천외천을 떠올렸다가 황급히 입을 닫았다.

"왜 갑자기 입을 닫아."

"아니야. 그냥 생각해 보니 보통은 가벼운 감기몸살 정도라고 들었어야. 근데 야는 아니잖아."

"하긴 백호가 대단하기는 하지. 그래도 이 정도는 아닌 거 같기는 한데······."

조완희는 머리를 긁으며 생각에 잠기는가 싶었다.

"조 박수."

"왜?"

"이제 먹어도 돼야?"

"뭘?"

서기원은 시선으로 신단 위에 올려놓은 막걸리와 메밀묵을 가리켰다.

"에휴—. 그래 먹어라. 먹어."

그 말에 서기원의 얼굴은 마치 달덩이처럼 환하게 변했다.

"진짜 묵어야."

그리 말하고는 신단 앞으로 쪼르르 달려가 넙죽 큰 절을 올렸다.

"맛있게 드셨으야? 지도 쪼매만 맛만 보겠어야. 음복이니 어쩔 수 없어야. 이해하셔야."

서기원은 항아리와 메밀묵을 마루방에 옮겨놓고 자리를 잡아 앉았다.

"어디 보자."

표주박으로 한 잔 막 뜨는 무렵.

"으으으으."

죽은 듯 기절해 있던 박현이 미약한 신음을 흘렸다.

"어? 깨어난 모양이네."

조완희가 먼저 박현에게 다가갔고,

"쩝. 하필……."

서기원은 노란 빛깔의 막걸리를 보며 입맛을 다시다가 습기 찬 눈을 감으며 표주박을 내려놓았다.

"괜찮아야?"

서기원은 눈을 뜨는 박현의 머리 위로 얼굴을 가져가며 물었다.

"……여기는 어디지?"

목이 많이 잠긴 듯 쉿소리가 흘러나왔다.

*   *   *

"자."

박현은 벽을 등받이 삼아 앉아 있었고, 박수무당 조완희는 그런 그의 앞에 소반을 내려놓았다. 소반에는 따뜻한 흰죽과 간장, 김이 놓여 있었다.

박현은 소박한 상을 잠시 내려보다가 앞에 앉은 그를 쳐다보았다.

"나도 가끔 신열에 시달리는데 그때는 부담이 없는 흰죽이 최고다."

"일단 속부터 채워야."

이럴 때는 넉살 좋은 도깨비 서기원이 딱이었다.

서기원은 숟가락을 들어 박현의 손에 쥐여 주었다.

"큼."

이런 상황이 편하지는 않은 듯 박현은 헛기침을 삼키며 한 술 떴다.

편하지 않다 해도 기분이 나쁜 것만은 아닌 듯 박현의 표정은 굳어 있었지만 눈빛은 많이 부드럽게 변해 있었다.

30여 분쯤 시간이 흐르고, 셋은 마주 앉았다.

"그 전에 우리 정식으로 인사부터 해야."

서기원이 바보처럼 싱글싱글 웃음을 짓자 조완희는 고개를 저었고, 박현은 피식 웃음을 삼켰다.

"그러지."

박현도 고개를 끄덕였다.

"나부터 할까?"

조완희.

"나는 박수무당 조완희. 박수의 뜻은 알지? 그리고 검계 5문 중 일문인 무문(巫門)의 일인이야."

"내는 도깨비. 도깨비는 알지야? 그라고 봉황회 소속으로 암행단 어사여야."

"그 검계와 봉황회라는 게 이면? 맞나? 거기 단체들인가?"

박현은 둘의 소개를 듣기는 했지만 이해할 수 없는 단어들의 나열에 불과했다.

"일단 소개부터 해야. 우리에 대한 건 천천히 알려줄게 야."

서기원의 말에 동의하기에 박현은 군말 없이 자신을 소개했다.

"나는 박현. 일산경찰서 형사과 강력1팀 소속 경위."

박현은 이 둘을 전적으로 믿지 않았기에 애써 숨겨온 사실, 자신이 일산 밤의 주인임을 굳이 밝히지 않았다.

짝.

서기원은 손바닥을 쳤다.

"궁금한 게 많아야. 그치야?"

"그래."

"우리가 사는 세상은 이면이라고 해야."

"이면?"

박현의 반문에.

"다를 이(異)에 낮 면(面)이야."

"혹은 언더월드(Under world)."

서기원의 설명에 조완희의 부연이 더해졌다.

"우리나라 이면에는 두 개의 기둥이 있어야. 하나는 봉황회이고, 또 다른 하나는 검계야."

"봉황회와 검계라."

박현은 조금 전 소개가 떠올라 서기원과 조완희를 쳐다보았다. 문득 궁금증이 떠올랐지만 모든 설명을 들은 후에 해도 괜찮았기에 일단 서기원의 말에 귀를 기울였다.

"봉황회는 나 같은 신수들이 모여 있는 곳이야."

"신수?"

"도깨비, 구미호……."

"알아들었어."

"봉황회 회주는 봉님과 황님이야. 봉황은 알지야? 그 봉과 황이야."

"검계는……."

서기원의 설명이 끝나자 조완희가 이어받았다.

"무협 소설알지?"

"몇 번 읽어봤어."

"그럼 설명이 쉽겠네. 무협 소설 안의 무림맹이라고 생각하면 돼."

"흠."

"검계는 봉황회와 달리 오(五)대 문(門)이 협업으로 다스려. 물론 회주도 있지만 속사정을 세세히 설명하자면 복잡하고, 이렇게 우리나라 이면은 이 두 단체가 양분하고 있다고 보면 된다."

"그라고 두 단체에 소속되지 않은 이들은 외인이라고 해야. 거 꼬부랑 말로 거 머시기……."

"아웃사이더."

"그랴."

"끝인가?"

박현의 물음에,

"일단은."

조완희가 고개를 끄덕였다.

"세세한 부분은 차츰 알게 될 거야."

"그렇다면 궁금한 거 물어봐도 되나?"

"물어봐. 특별한 비밀이 아닌 이상은 알려주지. 어차피 너도 이제 이면의 사람이니."

"솔직히 아직도 내가 이면의 사람이라는 것은 모르겠다."

박현은 얼굴을 굳혔다.

"우리가 봤어야. 확실해야."

서기원의 대답에 가장 먼저 알아야 할 것이 생겼다.

"나는 어떤 존재지?"

"니는 호족이야."

서기원이 대답해 주었다.

"호족?"

"호랑이 호(虎)."

"내가 호랑이라고?"

반문하다가 피식 웃음을 터트렸다.

"맞아야. 근데 그냥 그런 호족이 아니야."

"……?"

"백호. 옛적에는 산신령 중의 산신령, 산신령의 왕이라 불린 하얀 호랑이."

"솔직히 믿어지지가 않는군."

"니는 백호야. 한 마디로 호족의 왕이야."

"뭐 그건 마음에 드는군."

박현은 어깨를 살짝 들어 올리며 쓴웃음을 지었다.

"일단은 그렇게만 알아둬. 언젠가는 알게 될 테니까."

조완희.

박현은 미간을 좁히며 시선을 다시 조완희에게서 서기원으로 옮겼다.

"나는 봉황회 소속이 되는 건가?"

"뭐 아무래도 안 그라야? 호족이 봉황회 소속이니……."

"하지만 선택은 네가 하는 거다."

조완희였다.

"녀 같은 이를 우리는 반신이라 부른다. 반인반신. 고대로부터 신의 피가 이어져 내려왔다는 뜻이다."

"흠."

"신성한 피다. 그렇게 인상을 찌푸릴 만한 일은 아니다. 그건 그렇고, 네가 봉황회에 가입을 하든 검계에 가입하든 전적으로 너의 선택이다. 무조건 반신이라고 봉황회에 가입하는 것도 아니고, 무인이라고 해서 무조건 봉황회에 가입하는 것은 아니니. 뭐 외인으로 남는 선택도 있고."

"그래도 니는 호족의 왕이야. 호족을 거두고 그들의 번성을 책임질 필요가 있어야."

서기원.

"나도 저 녀석의 말에 어느 정도 동의를 한다."

박현은 팔짱을 끼고 잠시 고민에 빠졌다.

"호족에 대해 알려줄 수 있나?"

"호족은 타고나는 신력이 대단해야. 어지간한 일이 아니라면 그 누구도 호족을 쉽사리 보지 못해야."

"현재 그 호족의 수는?"

"내도 그건 정확히 알지 못해야. 나가 아는 건 그 수가 많지 않다는 거뿐이어야."

"만날 거라면 말해야. 내가 그 정도는 해줄 수 있어야."

"그러지."

짧은 대답.

그 말은 지금 찾아갈 생각이 없다는 뜻이기도 했다.

"그 전에."

박현은 자신이 놓치고 있는 가장 중요한 사실을 떠올렸다.

"나에 대해 알렸나? 각자의 조직에?"

날카로운 질문에 서기원과 조완희는 고개를 저었다.

"그렇군."

박현은 고개를 끄덕였다.

"앞으로는?"

"언젠가는 알려야겠지. 아니 알려진다고 해야 하나?"

조완희는 일정 시간은 함구하겠다는 뜻을 내비쳤다.

"그리 긴 시간은 아닐 거다. 이미 네 몸에서는 신기가 풀풀 날리고 있으니까. 빠른 시간 안에 입장을 정리하든가 아니면 그 전에 기억을 찾고 힘을 다스리든가 해야 할 거다."

"흠."

박현은 깊은 침음성을 내뱉었다.

"기억조차 없으니 더더욱 받아들이기 힘들겠지. 평범하게 살아온 네가, 과학만을 믿어왔던 네가 이 세상에 장풍 쏘는 무인이나 귀신이나 요괴로 폄하하는 신족을 받아들이기는 쉽지 않겠지."

"일정 부분은 믿어. 다만 내가 그 존재라는 게 실감이 나지 않을 뿐이야."

"백호답군. 정신이 강한 것을 보면."

조완희는 고개를 끄덕였다.

"이제 좀 쉬어. 몸이 성한 것도 아니니. 그리고 더 알고
싶은 것이 있으면 저 녀석에게 물어보고. 나보다는 그래도
비슷한 혈통이니 자세히 알려줄 거야."

조완희는 자리에서 일어났고, 박현은 다시 누웠다.

서기원은 그런 그의 곁에 앉아 입맛을 다시며 표주박으
로 막걸리를 가득 담아 한 모금 쭉 들이켰다.

"도깨비라고 했던가?"

"그랴."

"도깨비……."

박현은 창고에서 서기원을 떠올렸다.

"암행어사는 뭐야? 뭐 감찰단 이런 건가?"

"쪼매 틀려야."

"그럼?"

"이 세상에는 일반 사람들은 모르는, 아니 알지만 미신
이라 칭하는 요괴나 귀신이 있어야. 그리고 악귀도."

"거 뭐야? 새타니였나? 너희 둘이 그리 말했던 거 같은
데."

박현은 서기원과 조완희를 처음 만났던 상황을 떠올렸
다.

"맞아야. 내는 그런 것들을 잡으러 다녀야."

"아까 그 녀석도?"

"아니야. 검계에는 검수단이라고 암행단과 같은 게 있지만 자는 아냐. 무당이니 그리 다녀야."

"……."

서기원의 대답에 박현은 잠시 입을 닫았다.

"본 게 있고, 경험한 게 있으니 믿을 수밖에 없지만……, 마냥 쉽지만은 않군."

"내도 너 같은 상황은 처음인지라 뭐라 해 줄 말이 없어야. 미안해야."

"미안해할 건 없고."

"히히히."

서기원은 순박한 웃음으로 화답을 다시 했다.

"아~ 이건 잊지 마야."

"뭐를?"

"내가 뭐야?"

"도깨비라며?"

"그걸 칭하는 호칭은?"

"음……. 귀신은 아니고 요괴?"

"나 그럴 줄 알았어야. 그리 말하면 안 좋아야. 큰 경을 쳐야."

"그럼?"

"너 같은 이는 반인반신, 반신이라 불러야. 나나 구미호 같은 이들은 자연영신(自然靈神)이야. 자연은 알 거고, 영은 신령 영자를 써야. 줄여서 영신이라 불러야."

"명심하지. 뜬금없는 질문이지만…… 우리는 어떻게 태어난 존재들이지?"

문득 떠오른 의문.

"흠……."

"잘 몰라?"

"잘 몰라야. 뭐 대충 들은 게 있기는 하야."

"해 줘. 하나라도 더 알아야 내 존재를 받아들이기 쉬워질 테니."

"몇 가지 설이 있어야."

서기원은 막걸리로 목을 축인 후 다시 말을 이어갔다.

"태고에 신이 이 땅을 만들고 여러 종족들을 만들었다고 해야. 인간도 만들고, 호랑이도 만들고, 도깨비도 만들고. 그런데 이 땅을 두고 종족끼리 큰 싸움이 일어난 거야. 그래서 보다 못한 신이 땅의 주인을 가리는 대회를 열었어야. 그리고 그 대회에서 인간이 우승했다고 해야."

"모든 종족이 수긍했을 일은 없었을 거고."

"이야, 니 똑똑해야."

서기원은 박현을 향해 엄지손가락을 치켜세웠다.

"맞아야. 인간은 최하위 약체는 아니었어도 우승할 수 있는 종족은 아니였다고 해야. 그런 인간이 우승했으니 난리가 났어야. 그래야 어째? 신의 명령인 것을. 수긍하는 이들은 살아남기 위해 인간과 피를 나눴고, 도저히 받아들일 수 없는 종족은 세상에서 숨었다고 해야. 인간과 피를 나눈 이들은 너희와 같은 반신들이고, 세상을 등진 이들은 나 같은 영신들이고."

"처음 듣지만 나름 설득력이 있군."

왠지 돌아가신 할아버지가 잠들기 전 해 주었던 옛날이야기를 듣는 듯한 기분이 들었다.

"이건 동양에서의 가장 유력한 설이고, 서방은 달라야."

"……?"

"신이 인간을 편애했다고 해야. 그래서 인간을 만든 후 이 땅을 만들어 선물로 줬다고 해야. 그리고 남은 짜투리 땅에 다른 종족들을 만들어 채웠다고 해야."

"흠."

"그러자 인간들의 오만이 하늘을 찔렀어야. 신의 위엄에도 도전했다나 어쨌다나. 그래서 신이 자신의 대리인인 용, 그러니까 드라, 아니 드러……."

"드래곤(dragon)."

"여튼 서양용을 만들어 더 이상 인간들이 오만할 수 없게 했다 해야."

확실히 마지막 설은 서양의 신화가 언뜻언뜻 엿보였다.

"근디 그가 다 설이어야, 설. 진실은 아무도 몰라야. 태고의 일이니."

서기원은 많은 말을 한 후 목이 탔던지 다시 막걸리를 시원하게 마셨다.

"이런 말도 있어야. 동양과 서양이 워낙 다르니……. 애초에 신이 있었고, 신이 신들을 낳았고, 신이 신들에게 땅을 나눠주었고, 그 신들이 앞선 것처럼 각자의 땅에 생명을 주었다. 어렵쟈?"

"그다지. 그러니까 서양과 동양이 각자 다른 신들에 의해 만들어졌다는 거 아닌가?"

"옴메. 니 정말 똑똑해야."

"태곳적 최초의 신이 신들을 만들었다. 그리고 이 땅을 여럿으로 나눠 생명을 주었다. 나는 이게 가장 마음에 드는군. 수많은 신화와 수많은 신들. 그리고 인간도 하나의 모습이 아니니."

서기원은 그 와중에도 메밀묵을 입 안 가득 넣고 우물거리고 있었다.

"신들도 싸우나? 신화를 보면 신들끼리도 싸우고 그러는 거 같던데."

"인간과 비슷해야. 사이좋은 신들도 있고, 데면데면한 신들도 있고, 철천지원수 사이도 있고."

"그들이 싸우면 세상이 한 바탕 난리가 나지 않나?"

"이미 났었어야."

"……?"

"세계 1차 대전, 2차 대전 말이야."

"그게 신들의 전쟁이었다고?"

"맞아야."

"그 많은 사람들이 죽어간 건?"

"그건 인간들이 신들의 전쟁에 끼어든 거야."

"신들의 전쟁에 인간이 끼어들었다고?"

박현은 가벼운 충격에 빠졌다.

"맞아야. 신들의 전쟁에 그 신들을 추종하는 이들이 야욕과 욕망에 끼어든 거여야."

"이건 상상조차 못 했던 일이로군."

"세계 모든 정부는 다 그 땅을 다스리는 신들과 연결되어 있어야."

"우리나라도?"

"맞아야."

서기원은 씨익 웃었다.

"봉황회의 봉황. 검계의 상징 무궁화. 히히."

*용어

　1) 음복(飮福): 제사를 마치고 제수(祭羞, 제사음식)
와 제주(祭酒, 제사술)를 나누어 먹는 일. 음덕을 입어
잘 살게 해달라는 뜻을 담고 있다.

12장

대통령의 휘장인 봉황과 우리나라 국화인 무궁화에 그런 속뜻이 담겨 있었다니.

　　"이건 진심 충격이로군."

　　박현은 두 손으로 얼굴을 비볐다.

　　"북한은?"

　　"북한이야?"

　　서기원은 메밀묵을 내려놓으며 입을 열었다.

　　"거는 요지경이여야. 일단 해태[1]님이 단도리를 하기는 하는디, 실상은 무주공산이라 보면 돼어야. 그래도 해태님이 있어 그 정도지 아니면 진즉에 난리 났어야."

"무주공산이라. 일종의 완충지대인가?"

북한이라면 어느 정도 납득이 갔다.

"일본과 중국은? 대만도 궁금하군."

일단 한국인이다 보니 동아시아 사정이 궁금해졌다.

"일본은 뇌신(雷神)하고 풍신(風神)이 다스려야."

"뇌신, 풍신?"

"둘 다 용(龍)족이어야. 뇌신은 물과 번개를 다스리고 풍신은 바람을 다스려야. 뇌신은 선, 풍신은 악에 가까워야."

"그렇군."

"중국은⋯⋯."

"황룡인가?"

박현은 중국 황제하면 떠오르는 게 황룡이기에 먼저 말해 보았다.

"아니어야."

"음? 아니야?"

"원래는 황룡이 다스렸는데⋯⋯ 다른 용들이 난을 일으켜 죽였어야."

"용들? 용의 종류가 많았나?"

"당연해야. 어쨌든 지금 중국을 다스리는 건 응룡(應龍), 촉룡(燭龍), 규룡(叫龍), 반룡(蟠龍), 신룡(蜃龍)이야."

"뭐가 이렇게 복잡해."

박현이 인상을 찌푸리거나 말거나.

"자자, 잘 들어봐봐야. 응룡은 비룡(飛龍)이라고도 해야. 응룡은 앞발 대신 커다란 매의 날개를 가지고 있어야. 촉룡은……."

"듣는다고 나 기억도 못 한다."

"그럼 이건 어때야? 오성홍기 말이야. 별이 다섯 개. 그게 큰 별이 중국공산당이고, 작은 별 4개가 노동자, 농민……, 대충 그런 것을 뜻한다고 하는디, 실은 아니야."

"……?"

"큰 별은 중국을 다스리는 우두머리, 응룡[2]이고, 나머지 네 개의 별이 촉룡[3], 규룡[4], 반룡[5], 신룡[6]이야. 야들이 청나라 말때쯤부터 작당을 했어야. 때마침 서양용들이랑 어찌어찌 짝짜꿍이 되어가지고 황룡을……. 끄윽—."

서기원은 엄지로 목을 스윽 그었다.

"그래서 홍콩이랑 마카오랑 영국이랑 포르투칼로 넘어갔어야. 에, 또……."

"됐다 그만 듣자. 머리 아프다."

박현은 용은 그냥 용이라고 생각했지 용의 종류가 그렇게 많다는 사실을 몰랐었다.

"대만은 안 궁금하야?"

"어."

"잼있어야⋯⋯."

서기원은 흥이 올랐는지 초롱초롱한 눈으로 박현을 쳐다보았다.

박현은 그 눈빛을 이기지 못하고.

"짧게. 아주 짧게."

"근디 알고 보니 황룡이 잠룡(潛龍) 하나를 남겼네. 갸가 대만에 숨어들었는데 그걸 알고 응룡을 비롯해 다섯 용이 확 죽여 버렸어야. 그래서 대만이 나라 인정을 못 받는다이 말이어야."

"그래서 지금은?"

"지금? 없어야. 고만고만한 애들이 치고 박고 싸운다고 들었어야."

"네 말대로라면 벌써 합병했어야하는 거 아닌가?"

머리는 아픈데 듣다 보니 또 궁금한 점이 생겨 박현은 저도 모르게 물었다.

"그건 니가 아직 신을 몰라서 그래야."

"뭐를?"

"해태님이 좀 특이한 거지 봉황님이나 여타 용들은 인간사에 관심 없어야. 지금 세상의 균형만 안 깨지면 인간들이 지지고 볶든 상관 안 해야. 신들의 전쟁이야 워낙 특이한 경우고. 중국 용들이야 혹시나 모를 싹을 자른다고 대만에 숨어든 잠룡을 죽인 거여야. 오룡을 떠받드는 중국은 대만을 먹고 싶은데 오룡이 대만을 먹어도 된다는 허락을 안 주니, 뭐 안 해 준다기보다 관심이 없는 거지만야. 그래서 맨날 말로만 떠드는 거여야."

"그들이 관심은 없는데 왜 세계대전이 일어난 거지?"

"생각해 봐야. 이 땅의 신이 옆에 있는 땅의 신을 이겨부렸어야. 그럼 신을 모시는 인간들이 '저 땅도 우리 땅?' 이란 생각이 들어 안 들어. 그니까 이때다 싶어 인간들이 욕심을 부렸어야."

"기호지세(騎虎之勢). 딱 그 꼴이었군."

머리가 무거워 밖을 보니 이미 해는 저물고 하늘은 깜깜했다.

"이제 더는 안 되겠다. 좀 쉬어야겠어."

"자기 전에 이거 묵어야."

서기원이 주머니에서 자그만 호로병을 꺼내 내밀었다.

"뭐지?"

"몸에 좋은 거야. 공청석유(空淸石乳)7) 한 방울에 삼백년 된 산삼을 넣어 달인 약이야."

"공청석유?"

"그런 게 있어야. 다 몸에 좋은 거니 마셔야."

서기원을 못 믿는 것은 아니지만 뭔지도 모르는 약을 먹는다는 것은 꽤나 부담으로 다가왔다.

"준다 하지 않았나?"

일단 병을 받으려는데 서기원이 호로병을 움켜쥐고 놓지 않고 있었다.

"마, 마셔야."

서기원은 아주 힘든 표정으로 겨우겨우 호로병에서 힘을 빼고 박현의 손에 넘겼다.

뽕—

그의 걸쩍지근한 채근에 일단 병마개를 열자, 뭐라 설명할 수 없는 청아한 향이 코를 찔러들어 왔다.

"하아—."

한숨이 아니라 깊은 감탄.

향을 맡은 것만으로도 온몸에 활력이 솟는 거 같았다.

"후딱 마셔야. 흐윽!"

기꺼이 주고도 내심 진짜 아까운 듯 서기원은 눈물을 찔끔거리며 눈을 돌렸다.

박현은 향에 취해 그런 모습도 인지하지 못한 채 병 주둥이를 입으로 가져갔다.

"하아—, 압!"

너무나도 청아한 향에 숨을 내쉴 때였다.

서기원이 재빨리 박현의 입과 코를 솥뚜껑 같은 손으로

막아버렸다.

"내쉬면 안 돼야. 약력이 날아가야."

"읍, 읍!"

박현이 발버둥을 쳤지만 서기원은 그 손을 놓지 않았다. 그렇게 일 분쯤 흘렀을까, 서기원은 슬그머니 손을 놓았다. 약에 취한 것인지 숨을 쉬지 못한 까닭인지 박현은 몸은 스르르 넘어갔다.

"너 복 받았어야. 내 얼마나 아끼고 아낀 것인디. 대별왕 님만 아니었어도 어림없었어야."

서기원은 주머니 안을 힐끔 쳐다보았다.

똑같이 생긴 병들이 몇 개 더 보였다.

"하나였으면, 아니 세 개, 아니 다섯 개만 있었어도 안 줬어야. 쩝쩝. 아까바야."

서기원은 자리에 털썩 주저앉아 막걸리를 마구 퍼 마셨다.

"드르렁, 쿨~, 드르렁, 쿨!"

서기원의 코골이 소리에 박현은 잠에서 깨어났다. 은은한 한지가 발라진 창문으로 햇살이 반짝이고 있었다.

"으음."

상쾌한 아침에 박현은 기지개를 쭉 켰다.

"오랜만에 푹 잔 거 같다."

자리에서 일어나던 박현은 문득 어제까지만 해도 사경을 헤매던 자신을 떠올렸다. 한숨 푹 잔다고 나을 병이 아니었다. 적어도 이삼 주는 요양해야 하지 않을까 싶었을 정도였다.

"일찍 일어났네."

조완희가 조용히 신당 문을 열고 마루방으로 나오다 박현과 눈이 마주쳤다.

"어쩌다 보니 신세만 지는군."

"몸이 좋아 보인다."

"어젯밤 저 친구가 뭘 하나 마시라고 해서 마셨더니 이렇군. 이 정도 약이면 매우 비쌀 거 같아 보이는데 말이지."

"약?"

조완희는 코를 킁킁거렸다.

서기원이 내뿜는 알싸한 주향 속에 미처 사라지지 못한 청아한 향을 맡은 것이었다.

"향이 장난 아닌데."

"그렇더군. 산삼에 무슨…… 석유인가 뭐가 그렇다더군."

박현의 말에 조완희의 눈이 부릅떠졌다.

"공청석유?"

더불어 목소리도 커졌다.

"그거인 거 같군. 한 방울인가 넣었다고 하던데. 그거보다는 산삼 때문인 듯하지만."

"그랬군. 그랬어."

조완희는 힘없는 웃음을 지으며 서기원을 향해 비틀비틀 걸어가더니 있는 힘껏 자고 있는 그의 배를 후려 찼다.

"으아아악!"

잠 자다가 날벼락을 맞은 서기원은 그 자리에서 껑충 일어나더니 배를 잡고 떼구르르 굴렀다.

"아이고, 깨비 죽네. 깨비 죽어."

"까고 있네."

조완희는 서기원을 향해 다가서 눈썹을 역팔자로 치켜세웠다.

"가, 갑자기 왜, 왜 그래야?"

심상찮은 분위기에 서기원은 눈치를 살피며 조그만 목소리로 물었다.

"대, 대별왕님께서 무슨……."

"나도 줘."

"엉?"

"나도 달라고."

"뭘?"

서기원은 다짜고짜 손을 내민 조완희를 바라보며 고개를 갸웃거렸다. 더불어 대별왕의 신언이 내려온 것이 아님에 안도하였다.

"니가 애지중지 끼고 군침만 흘리는 거."

"뭐, 뭐를?"

서기원이 움찔거렸다.

"네가 술만 마시면 맨날 자랑하던 거. 자칭 기원표 산삼 공청수."

"이기 미쳤어야? 그게 어떤 건데 달라 그래야?"

서기원은 자리에서 벌떡 일어나 매서운 신기를 풀풀 날렸다.

"그래. 몇 년을 보며 우정을 쌓은 나는 안 주고, 이제 갓 사귄 쟤는 줬다 이거지?"

"그, 그거야……."

대별왕의 엄명 아닌 엄명 때문에 울며 겨자 먹기 식으로 준 것이었다.

"그거야 뭐? 오호!"

조완희는 손바닥을 탁 쳤다.

"나는 뭐 길가에 치이는 돌멩이보다 못하다 이거지? 아하―, 그런 거구나."

"그게 아니······."

"그게 아니면 뭐?"

서기원의 변명에 조완희가 안색을 싹 바꿨다.

"대, 대, 대······."

대별왕의 이름이 미처 떨어지지 않는 서기원.

"대, 대, 대······, 대 뭐?"

그런 그의 말에 꼬투리를 늘고 늘어지는 조완희.

"······대신 한 병만······이다!"

서기원은 이를 악물며 간신히 말했다.

"역시 친구! 내 친구 깨비 기원쓰!"

조완희는 서기원을 와락 안으며 그 자리에서 덩실덩실
춤을 췄다. 물론 서기원의 머리는 힘없이 이리저리 흔들렸
고, 눈물 몇 방울이 바닥으로 튀었음은 두 말 할 필요도 없
었다.

                    *   *   *

박현의 차가 경찰서 주차장으로 들어섰다.

'오 일 만인가?'

"끄응."

아무리 강력팀 에이스 박현이라도 무단결근은 어물쩍 넘

어갈 수 있는 문제가 아니었다. 하지만 마냥 피할 수 없는 문제이기도 했다.

사실 처분은 뭐 별로 신경 안 쓴다.

기껏 시말서나 과해 봐야 한두 달 감봉 처리일 거다.

다만 형사과장 유호동이나 팀장 강철민의 잔소리가 문제였다.

"쩝."

박현은 쓴맛을 다시며 차에서 내렸다.

"음?"

경찰서 내는 뭔가 모르게 부산했다.

민원인들 때문이 아니었다.

곳곳에 의경까지 보이는 것으로 보아 VIP가 온 모양이었다.

'국회의원이라도 왔나?'

슬쩍 입꼬리가 올라갔다.

'잘하면 어영부영 넘어갈 수 있겠는데.'

차 문을 닫으며 경찰서 뒷문으로 걸음을 내딛으려는 그때였다.

"……!"

검은 선글라스 안에 숨겨진 박현의 눈이 번뜩였다.

은은하지만 사방으로 깔린 묵직한 기운 때문이었다.

신력과는 다른 느낌의 끈적하고 묵직한 기운인 무인들의
내력이었다.

최대한 자연스럽게 걸음을 옮기며 뒷문 앞에 정차하고
있는 검은 대형 세단을 쳐다보았다. 정확히는 그 세단 주위
에 서 있는 네 명의 사내였다.

거리가 가까워질수록 확실히 느낄 수 있었다.

'무인이다!'

희미하지만 박현의 입가에 미소가 그려졌다.

박현은 별왕당에서 하루를 꼬박 허비하면서 한 가지 기
술을 익혔다. 박수무당 조완희의 말에 의하면 사실 기술이
라고도 할 것도 없고, 시간이 흐르면 자연스레 익히게 되는
것이라고 했다.

어찌되었든 조완희에게서 배운 것은 상대의 기운을 파악
하는 기감이었다.

더불어 서기원의 도움을 받아 신력과 내력의 차이도 느
낄 수 있었다.

'너 아직은 조심해야 해. 탈피를 해서 네 몸에서
는 신력이 풀풀 풍기는데 정작 너는 그 힘을 쓰고 싶
어도 쓸 수 없는 게 현실이야. 또 의지를 상실한 채
진체를 드러내면 그건 더 끔찍한 일이야. 왜냐하면

그건 네가 아니라 그냥 한 마리 짐승일 뿐일 테니
까.'

조완희가 했던 충고가 떠올랐다.
'흠—.'
박현은 속으로 깊은 숨을 삼키며 바지 뒷주머니를 툭 쳤
다.
뒷주머니에는 조완희가 준 부적 한 장이 들어 있었다.

　'이걸로 너의 신력을 어느 감출 수 있어. 하지만
완벽한 건 아니야. 거리가 가까워지거나 기감이 민
감한 이라면 어렴풋이 너를 느낄 수 있을 거야. 아니
면 월등히 뛰어난 이들은 부적 자체를 간파할 수도
있고.'

뒷문을 몇 걸음 앞에 두고 검은 대형 세단 주위에 서 있
는 네 명의 경호원을 스쳐 지나갔다.
'생각보다 부적이 영험한 모양이군.'
경호원들은 특별한 반응을 보이지 않았다.
또한 그들에게서 느껴지는 기운의 압박은 조완희와 서기
원에 비하면 그다지 크지 않았다.

박현은 좀 더 가벼워진 마음으로 뒷문을 열고 경찰서 안으로 들어갔다.

"……!"

순간 숨이 턱 막힐 정도로 강한 기운이 느껴졌다. 그 기운에 박현의 숨소리가 살짝 거칠어졌다.

흥분 때문이었다.

"후우—."

박현은 조완희한테 배운 것처럼 깊게 숨을 내쉬며 흥분을 가라앉혔다.

머리가 어느 정도 차가워지자 경찰서 내부가 눈에 들어왔다.

2층과 이어진 계단에서 한 무리의 사람들이 우르르 내려왔다.

앞서 걷는 이는 경찰서장과 또 한 명의 중년인이었다.

"선배님."

그들 사이로 한설린이 박현을 부르며 가볍게 손을 흔들었다. 반가운 인사에 박현의 미간에 주름이 그려졌다.

파트너이기는 하지만 정을 쌓을 시간도 없었다.

즉, 이 상황에서 반갑게 인사를 나눌 정도로 가깝지 않았다.

그 인사에 경찰서장과 이야기를 나누던 중년인이 한설린

과 몇 마디 주고받더니 성큼 걸어와 섰다.

"박 경위신가?"

박현은 눈앞에 선 사내를 알아볼 수 있었다.

가끔 매체를 통해 봐왔고, 한설린 때문에 좀 더 파악한 탓이었다.

"박현이라고 합니다."

"설린의 애비 되는 한재규라 하오."

박현은 선글라스를 벗으며 과하지도 않지만 가볍지도 않게 허리를 숙였다.

"언제 밥이나 한번 먹읍시다."

"……?"

박현은 허리를 펴며 의아한 눈으로 그를 쳐다보았다.

"그렇게 볼 거 없소. 딸내미를 둔 아비로 우리 딸 잘 부탁한다는 의미로 잘 보이려고 하는 것뿐이니까."

"알겠습니다."

"약속하는 겁니다."

"예."

"조만간 날짜를 잡지요. 정다운 이야기는 그때 나눕시다."

한재규는 박현의 손을 꾹 잡은 후 경찰서장과 함께 뒷문으로 나갔다.

'흠.'

박현은 한재규와 악수했던 손을 꾹 말아 쥐었다.

그에게서 느껴진 이유를 알 수 없는 오싹함 때문이었다.

지금 이 육감이 어리고 나약했던 과거 자신의 목숨을 살려주었다. 그리고 경찰이 되기 전 뒷골목에서 암호로 살아갈 때 칼밥 속에서 살아남을 수 있었던 것도 이 느낌 때문이었다.

'왜?'

처음에는 그의 뒤에 서 있던 묵직한 기운의 사내 때문에 긴장했지만 이미 그에 대한 생각은 사라진 지 오래였다. 박현의 머릿속은 한재규 회장으로 가득 차 있었다.

"선배."

그를 상념에서 끄집어낸 것은 다름 아닌 한설린이었다.

한재규는 선글라스를 다시 쓰며 한설린을 쳐다보았다. 그녀를 바라보는 박현의 눈빛은 싸늘했다.

"기분 좋은 일 있어?"

그녀는 상당히 활기차 보였다.

"그냥 오늘 기분이 좋습니다. 오랜만에 선배를 봬서 그런가?"

"……."

"그런데 안 좋은 일이라도 있었던 겁니까?"

무단결근에 대한 것이었다.

"그냥 좀 일이 있었어."

하지만 그녀를 향한 그의 목소리는 나긋했다.

*　　　*　　　*

박현은 눈을 감고 팔짱을 낀 채 반쯤은 누워 의자에 앉아 있었다.

그런 그의 머릿속에는 한재규를 만났을 때의 장면이 마치 사진처럼 떠올라 있었다. 그리고 박현은 그 기억의 장면에서 한재규를 주목했다.

얼굴은 웃고 있는데 눈은 아니었다.

'이런 눈으로 나에게 친근하게 밥을 먹자고?'

단지 한설린의 사수여서?

아니면 타고난 냉혈한이라서?

아닐 것이다.

분명 뭐가 있다.

'분명 뭐가 있는 것은 틀림없는데.'

그게 무엇인지 모르겠다.

그와의 접점은 한설린을 제외하고는 없었으니까.

어찌 되었든, 자기에 대한 적의, 그 의심이 확신이 되자,

박현은 주변으로 시선을 옮겼다. 한재규 뒤에 서 있는 사내, 개인 경호원의 얼굴로 눈이 갔다. 그가 내뿜는 압박감에 한순간 숨이 턱 막히지 않았던가.

'나를 주시하고 있다?'

한재규를 경호하는 경호원이니까?

자신이 생각 이상으로 가까이 다가서 악수를 나눴기 때문에?

하지만 그의 시선에는 경계를 넘어 살심이 어려 있었다.

'왜?'

일면식도 없는 그들이다.

*　　*　　*

한재규 회장을 태운 대형 승용차는 경찰서 주차장을 벗어났다.

그의 차에는 운전을 하는 비서실장 이규원과 조수석의 정보4팀장 노병찬, 그리고 한재규뿐이었다.

"어떻던가?"

한재규는 조수석에 앉아 있는 경호원, 정보4팀장 노병찬에게 물었다.

"온전한 탈피를 하지 못한 듯 보입니다, 회장님."

"온전한 탈피를 하지 못한 듯하다?"

"일단 저를 알아보지 못하는 눈치였습니다."

"일부러 모른 척하지는 않았을까?"

"일부러 미약하나마 살기를 살짝 흘렸었습니다만, 반응은 있었으나 적의는 보이지 않았습니다."

한재규는 고개를 끄덕였다.

그 역시 박현과 인사를 나누며 그를 살폈기에 어느 정도 납득이 되는 부분이었다.

"그리고?"

"백호 정도의 천급 반신이라면 상당한 기운을 품고 있어야 정상이지만 그는 마치…… 실금이 난 병에서 물이 새듯 흘러나오는 기운은 조악하고 그 흐름마저 툭툭 끊기고 있었습니다."

"흠."

이 부분은 자신이 알 수 없는 부분이었다.

"본능적으로 위험을 감지하고 탈피를 했지만 스스로 깨지 못하고 외부 요인에 깨진 불안전한 탈피가 아니었나 싶습니다."

"탈피는 했는데 탈피는 아니다, 그런 말인가?"

"제 생각에는 그렇습니다, 회장님. 아마 그렇기에 기억마저 봉인된 것이 아닌가 싶습니다."

"애매하군. 애매해."

한재규는 눈살을 찌푸렸다.

"한번 탈피했으니 다음에는 더욱 수월하게 진체를 드러낼 것입니다."

노병찬 팀장은 뒤에 설명을 덧붙였다.

"천급이라……."

한재규는 눈을 감으며 중얼거렸다.

"온전한 천급이라고 가정하고 생포할 수 있겠는가?"

"본 그룹의 힘만으로는 부족합니다."

이성적으로는 포기하는 것이 옳다.

하지만 눈앞의 먹이가 너무나도 탐스럽기에 자꾸 욕심이 차올랐다.

그만 생포한다면 그저 그런 아시아의 기업이 아닌 세계적인 기업으로 발돋움할 수 있게 된다.

문제는 소리 소문 없이 그를 생포해야 한다.

아무런 흔적도 남겨서는 안 된다.

자칫 봉황회에 이 소식이 들어가면 그룹 자체가 한국 땅에서 지워진다. 외국에서 그 명을 이어갈 수 있는 것도 아니었다. 감히 인간이 신의 영역을 침범했기 때문이었다.

"하지만 방법이 아예 없는 건 아닙니다."

"뭐지?"

노병찬의 말에 한재규의 눈이 번쩍 떠졌다.

"식사 초대를 하셨으니 강력한 수면제를 이용하면 가능할 듯싶습니다."

식사 자리로 유인해 생포하는 것만 생각했지 음식 자체에 수면제를 타는 것은 미처 생각지도 못했다.

"반신에게 수면제가 통하는가?"

"영신들은 인간이 아니기에 무용지물이지만 반신은 다릅니다. 인간의 피가 흐르기에 효과가 있습니다."

실낱같은 희망, 어쩌면 도박이나 다름없는 동아줄을 보았다.

"문제는 사라진 5일이군."

"이 실장."

"예, 회장님."

조용히 운전만 하던 이규원 비서실장이 그의 부름에 대답했다.

"이틀 내로 그의 흔적을 찾아. 만약 봉황회와 연결이 없다면 이번 주말에 식사 초대를 하지."

"알겠습니다."

*   *   *

별 일 없이 퇴근한 박현은 익숙한 걸음으로 별왕당에 향했다.

"왔는가?"

별왕당에 들어서자 조완희 박수무당이 차분한 목소리로 박현을 반겼다.

"그래."

박현은 불편하지도 그렇다고 편하지도 않은 모습으로 마루방으로 올라갔다.

원래는 호텔에서 지낼 생각이었지만 신기를 다루기 전까지는 이곳에서 지내는 것이 안전하다는 조완희와 도깨비 서기원의 말에 당분간 이곳에서 머물기로 한 것이었다.

박현은 팔베개를 하고 누웠다가 묵직한 신기를 느끼자 다시 자리에서 일어났다. 박현은 대별왕 무신도를 힐끔 쳐다보며 무신도가 보이지 않는 구석에 다시 누웠다.

그리고 다시 한재규 회장과 그의 경호원을 떠올리며 자신의 과거를 되짚어 나갔다. 혹시나 자신이 지나친 과거에 그들과의 접점이 있을까 싶어서였다.

♩ ~ ♪ ~ ♩ ~ ♪ ~

박현은 벨소리에 눈을 뜨며 전화기를 받았다.

《두철입니다.》

"말해."

《오늘부로 철거가 모두 끝났습니다. 그리고 걱정하실 부분은 무사히 처리했습니다.》

"수고……."

말을 하던 박현은 눈을 번쩍 떴다.

곧바로 자리에서 벌떡 일어나 앉았다.

"공사하며 이상함이나 수상한 기척은 없었나?"

《……제가 알기로는 없습니다.》

없었다기보다 몰랐을 것이다.

'잃어버린 기억의 피바다. 그들과 접점은?'

"강 부회장."

《말씀하십시오.》

"혹시나 말이야."

《…….》

"그대들이 감당할 수 없는 이들이 찾아와 나에 대해 묻는다면 그냥 말해 줘. 그리고 그렇다고 특별한 움직임을 보일 것은 없어. 그냥 하던 대로 해."

《혹시…….》

"정확하지는 않아. 그럴지 모른다는 생각이 들어서야. 내 말 무슨 말인지 알지?"

《……알겠습니다.》

"그래, 끊지."

박현은 전화를 끊었다.

"무슨 일인데 그러는가?"

조완희가 다가와 앉았다.

"기원이도 그렇고 너도 그렇고, 말투가 다 왜 그 모양이야?"

"몸주 앞이지 않은가? 이해해 주게나."

조완희는 눈으로 대별왕 무신도를 가리키며 어색한 웃음을 지었다.

"그나저나 자네 무슨 일이 있어 보이네."

"어쩌면 그날, 꼬리를 잡은 거 같아."

"……?"

조완희는 이해하지 못하고 고개를 갸웃거렸다.

하긴 두억시니와의 싸움만을 알 뿐, 그 후의 일은 모르니 당연한 일이었다.

박현은 조완희의 얼굴을 빤히 쳐다보았다.

"내가 너를 믿을 수 있을까?"

믿을 수 있다면, 아니 적어도 등에 칼만 꽂지 않는다면 지금 상황에서 이보다 더한 조력자는 없어 보였다.

"몸주의 명은 지엄하다네."

박현은 한참을 조완희의 얼굴, 정확히는 그의 눈을 바라보았다.

"네가 아는 그날. 두억시니인가 뭔가. 그 후 일이 하나 더 있었어."

"……?"

"아침에 집에서 눈을 떴는데……."

박현은 자신의 집에 펼쳐져 있던 참혹한 상황을 이야기했다.

"그러니까 자네를 찾아간 그 날, 사방에 널린 시신과 피웅덩이에서 눈을 떴단 말인가?"

"그래."

"흠……, 특별한 흔적은 없었고?"

"정신이 없어 그건 모르겠군. 다만 일반인이 쓰기에는 거북한 칼은 있었던 것 같아."

"칼? 칼이라."

조완희의 얼굴은 굳어졌다.

"무인(武人)이겠군."

"무인?"

"칼잡이."

"그들이 왜?"

"이유야 여럿일 수 있겠지."

조완희는 무거운 목소리로 말했다.

"그 꼬리라는 게 어딘가?"

"한성그룹."

조완희의 얼굴이 한순간에 일그러졌다.

"거대한 꼬리군."

"뭐 상관없어."

박현은 한성그룹이라 해서 개의치 않는 모습이었다.

"어차피 머리는 하나뿐이니까."

박현의 말에 조완희는 그를 빤히 쳐다보았다.

"한성그룹이라. 거긴 검계와 밀접한 그룹이기도 해."

"검계?"

"그리 볼 거 없어. 어차피 재계 순위에 드는 그룹들은 전부 검계 아니면 봉황회와 연결되어 있으니까. 다만 어느 쪽과 가깝게 지내냐는 차이일 뿐이지만."

"하긴."

"일단 자네 집터로 가지. 그리고 끙~."

조완희는 불편한 듯 앓는 소리를 냈다.

"오랜만에 신어머니를 봬야겠군."

〈다음 권에 계속〉

1) 해태: 해태, 혹은 해치(獬豸). 사자와 비슷하게 생겼지만 머리 가운데 뿔이 있고, 목에는 방울이 달려 있으며, 겨드랑이에는 날개를 닮은 깃털이 있다. 중국에서는 동북지방에 사는 영물로 알려져 있다. 해태는 사람의 옳고 그름을 판단할 수 있어 사람이 싸우거나 정직하지 못하면 엄벌을 내린다고 한다.

2) 응룡: 등에 매의 날개 혹은 박쥐의 날개를 가지고 있으며 온몸은 깃털로 뒤덮여 있고, 꼬리는 아름다운 꼬리털로 장식되어 있다 전하며 물과 비를 다스린다. 황제 헌원을 도와 치우와 과보를 죽여 하늘에서 추방당했다 전해진다.

3) 촉룡: 촉룡, 혹은 촉음(燭陰), '산해경'에 의하면 중국 북쪽 종산에 살고 있는 용으로, 용의 붉은 몸통에 인간의 얼굴을 가지고 있으며, 몸의 길이가 천(千)리에 이른다. 눈을 뜨면 낮이 되고, 눈을 감으면 밤이 되며, 숨을 들이마시면 겨울이고, 내쉬면 여름이 된다 한다. 하여 대자연의 섭리를 주관하는 신으로 모셔진다.

4) 규룡: 규(虯), 머리에 뿔을 가진 용으로, 뿔의 형

상은 유니콘의 뿔과 흡사하다. 뿔이 하나면 규, 둘이면 기(蚑), 없으면 이(螭)라 불리기도 하며, 규룡의 뿔이 둘이라는 설도 있다.

5) 반룡: 반룡의 반(蟠)은 땅에 웅크리고 있음을 뜻하며, 하늘을 날지 못하는 용을 뜻한다.

6) 신룡: 해안이나 큰 강 등 물가에 사는 용으로, 이무기와 흡사한 외모를 가지고 있다. 머리에는 사슴뿔과 비슷한 두 뿔이 있고, 목에서 몸통까지는 붉은 갈기를, 비늘은 검은 흑색을 띤다. 신룡은 신기루와 같은 환상을 만들어낸다.

7) 공청석유(空淸石乳): 하늘과 땅 사이에 특별한 조화가 서린 동굴에서 지정이 응집하여 고인 우윳빛 액체이며 이를 석유(石乳)라고 한다. 이 석유는 백 년에 한 방울씩 고인다. 이 석유를 한 방울이라도 마시면 일반인은 무병장수하게 되면, 도력을 쌓은 도인은 도력을, 무공을 익히는 무인은 높은 내력을 쌓을 수 있게 된다.